Resto qui

Marco Balzano

この村にとどまる

マルコ・バルツァーノ
関口英子 訳

CREST BOOKS
Shinchosha

この村にとどまる

RESTO QUI

by

Marco Balzano

Originally published as Resto qui in Italy in 2018 by Giulio Einaudi editore.
This edition is published in agreement with
Piergiorgio Nicolazzini Literary Agency (PNLA)
through Tuttle-Mori Agency, Inc., Tokyo

Photograph©Anirut Thailand / Shutterstock. Elaborazione grafica.
Design by Shinchosha Book Design Division

リッカルドに捧ぐ

物語は灰のなかでのみ続いていく

——モンターレ

第一部　歳月

I

あなたは私のことをなにも知りません。けれども私の娘なのだから、知っていることもいろいろあるでしょう。肌のにおいも、吐息の温もりも、張りつめた神経も、あなたに授けたのはこの私。だから私の内側を見たことのある人に語りかけるつもりで話そうと思います。

あなたのことは細部まで描写できるし、雪が深く積もり、家がすっぽりと静寂に包まれて息がつまりそうな朝などには、ふと新たな細部が瞼の裏に浮かぶこともあります。たとえば数週間前に思い出したのは、あなたの肩にあった小さなほくろ。よほど気にしていたのでしょう、金盥《かなだらい》で身体《からだ》を洗ってやるたびに、あなたはそれを指差していましたね。それと耳たぶの後ろの巻き毛。蜂蜜色の髪のなかで、そこだけがきれいにカールしていた。

手もとにある数少ない写真はうかつに引っ張り出さないようにしています。歳を重ねるにつれ、涙もろくなるものだから。私は泣くのが嫌いです。泣くなんて馬鹿らしいし、なんの慰めにもならない。憔悴《しょうすい》して食べ物が喉を通らなくなり、寝る前にネグリジェに着替える気力さえなくなるのが関の山です。それよりも自分をいたわりながら、たとえ手の甲が染みだらけになっても、拳を握りしめ、がむしゃらに立ち向かうほうがいい。そう教えてくれたのはあなたの父親でした。

この何年ものあいだ、私はいつも自分をよい母親として思い描いてきました。自信に満ちあふれ、才気煥発で、友達みたいな……。どれも私には不釣り合いな形容です。村の人たちはいまだに私を「先生」と呼び、少し離れたところから挨拶をよこします。おそらく付き合いの悪い女だと思われているのでしょう。ときおり、小学校一年生の子供たちにさせていた遊びを思い出すことがあります。「自分に似ていると思う動物の絵を描いてみましょう」いまの私だったら、甲羅のなかに頭を引っ込めた亀の絵を描くでしょう。

それでも過干渉な母親にだけはならなかったと信じたい。私は、しょっちゅう母に問い質《ただ》されていました。あの人は誰？　その人は？　それであんたは彼の言いなりなの？　結婚の約束でもするつもり？　だから、私は絶対にそんな質問はしなかったでしょう。けれど、それもまた私が自分に語り聞かせているいくつもの物語のひとつにすぎず、もしもあなたがここにいたら、質問攻めにしたのかもしれません。そして、はぐらかすような答えが返ってくるたびに、あなたを横目で睨んでいたのかも。歳月が過ぎてゆくにつれ、自分は親よりましなはずだという確信は薄れるものなのですね。おまけに、いま比較するのはどうしたって私のほうが不利です。あなたのお祖母《ばあ》さんは厳格で気難しい人でした。なにごとにおいてもはっきりとした考えを持っていたし、白と黒を見分けるのが巧みで、ばっさり切り捨てることだって厭わなかった。それに引き換え私は、いつだって灰色のグラデーションに迷い込んでいました。母はよく、学問のせいだと言っていました。教育を受けると、人はいたずらに理屈っぽくなると思い込んでいたのです。細かなことに終始する、頭でっかちのなまくら。一方の私は、とりわけ女性にとって、なにより偉大な知識は言葉だと信じて疑いませんでした。事実にしろ、物語にしろ、空想にしろ、大切なのは言葉を渇望し、人生が複雑に入り組んだとき、あるいは逆に空っぽになったときのために、しっかりと身につけておくこと。言葉こそが私を救ってくれるのだと信じていました。

2

私はいつだって男の人には関心がありませんでした。男の人と愛が結びつくなんて滑稽に思えたのです。私からしてみれば、男なんてみんな、あまりに無骨か、あまりに毛深いか、あまりに無教養で、場合によっては三拍子そろっていることもありました。このあたりでは誰もが幾ばくかの土地を所有し、牛や羊を飼っていたので、彼らの身体にはにおいが染みついていました。家畜小屋と汗のにおい。誰かと愛を交わすことを想像するなら、相手は女がいいと思っていました。

男のちくちくする肌よりも、女の尖った鎖骨のほうがいい。けれど、誰のことも気にせずに一人でいるほうがはるかにいいし、いっそ修道女になるのだってちっとも嫌ではありませんでした。家庭を築くよりも、世の中との接触を断つことを思い描くほうが夢中になれたのです。ただし、神について考えるのはいつだってややこしすぎて、考えているうちに道を見失ってしまうのでした。

ただ一人、私の視界に入っていたのはエーリヒでした。明け方から、つばを上に折り曲げた帽子をかぶり、煙草を口の端にくわえて道を行く彼の姿が見えました。そのたびに私は窓から顔を出して挨拶したいという衝動に駆られるのですが、窓を開けようものなら、母が寒さを感知して、すぐに閉めなさいと怒鳴りつけたでしょう。

「トリーナ、いったいなにを考えてるの？」

母は、しょっちゅうわめき散らす人でした。どのみち窓を開けたところで、なんと声を掛けたらいいかわからないのだけれど。十七歳の頃の私は、ひどく不器用で、口籠もるのがせいぜいでした。結局、森のほうへと去っていく彼の後ろ姿を見ているだけでした。彼の横では、全身にぶち模様のある犬のグラウが牛の群れを追っていました。牛を連れているときのエーリヒは、ひどくゆっくりとした足取りなので、前に進んでいないように見えました。そこで私はいったん顔を伏せ、視線を本に戻します。しばらくして、まだおなじ場所にいるにちがいないと思って顔をあげてみると、通りの外れの唐松の木立の下に小さくなっているのでした。いまではあの唐松の木立もなくなってしまいましたが。

その春、私は本をひらいて鉛筆を口にくわえたまま、ぼんやりとエーリヒのことを考えている時間が増えていきました。私の傍らで忙《せわ》しなく家事をする母がいないときを見計らって、父に、農夫の生活は夢追い人《びと》のようなものではないかと尋ねてみました。畑を耕したあと、牛や羊を連れて牧草地へ行き、岩に腰掛けて、何世紀も昔から穏やかに流れくだる川や、果てしなく続く冷たい空を静かに眺めていられるのだから。

「農家の人たちはいつもそんなことをしてるのよね、父さん《パ》」

父はパイプをくわえたまま、あっはっはと声をあげて笑いました。「だったら、おまえが朝、いつも窓からこっそりのぞいている若者に、あなたの仕事は夢追い人なのかと訊いてみたらいいじゃないか……」


初めて彼と言葉を交わしたのは、うちの中庭でした。父はレジア村で家具職人をしていましたが、私たちが住んでいる家も、家具の修理を頼みに来る人たちがひっきりなしに訪れるので、工房のようでした。ようやく客たちが帰っていくと、母は気が安まるときがないと愚痴をこぼしました。母の愚痴を聞くのが嫌いな父は、職人にとっては飲み物を振る舞うのも世間話をするのも仕事のうちだ、そうやって顧客を増やすんだから文句を言われる筋合いはない、と反論するのでした。すると母は、口論を打ち切るために、海綿みたいな父の鼻をつまみます。

「またふくらんだんじゃないの？」と言いながら。

「おまえこそ、尻がまたデカくなったな！」負けじと父が言い返します。

そのとたん、母の怒りが爆発します。「まったく、なんだってこんなぽんつくと結婚しちまったんだろうね！」そして、手に持っていた雑巾を投げつけるのでした。父が嘲笑い、鉛筆を投げつける。仕返しに母がまた雑巾を投げつけ、父が鉛筆を投げ返す。二人にとって物を投げ合うことは愛情表現のひとつでした。

その日の午後、エーリヒと父は煙草を吹かしながら、オルトレス山の頂に垂れ込める雲を蝸牛《かたつむり》みたいな目で眺めていました。すると父が、グラッパを取ってくるからちょっと待っててくれと言って引っ込んでしまいました。エーリヒは、言葉を発する代わりに、顎をしゃくって軽く笑みを浮かべるような人でした。迷いのいっさいない彼の仕草を見ていると、私は自分が子供に思えて仕方がなかった。

「卒業したらなにをするの？　学校の先生？」と、エーリヒが尋ねました。

「たぶんね。そうじゃなかったら、村を出て遠くへ行くつもり」とにかく大人っぽい返事がしたくて、私はそう答えました。

そのとたん、彼は顔を曇らせ、赤い火が指に触れるくらい煙草を大きく吹かしました。

「俺はなにがあってもクロン村を離れたくない」谷間《たにあい》を指差しながら、そう言ったのです。

私は口にすべき言葉が見つからない子供のように、彼を見返すしかありませんでした。すると エーリヒが私の頬を撫でて、暇《いとま》を告げました。

「親父さんに、グラッパは今度ご馳走になると伝えてくれ」

私は相変わらずなにを言えばいいかわからず、ただうなずくだけでした。テーブルに両肘をつき、歩き去る彼の背中を目で追っていました。いきなり母が姿を現わすのではあるまいかと気掛かりで、ドアのほうを見やりながら。恋心はときに人を盗人のような気持ちにさせるものなのかもしれません。

3

一九二三年の春、私は高等学校の卒業試験の勉強をしていました。ところが、私の卒業を待っていたかのように、ムッソリーニが学校を混乱に陥れるのです。その前年、ファシストがボルツァーノに進軍し、町を滅茶苦茶にしました。公共の建物に火が放たれ、人々は踏みつけられ、市長《ボルゴマストロ》が力ずくで追い払われたというのに、軍警察《カラビニエーリ》は例のごとくただ眺めているだけでした。軍警察や国王が手をこまぬいていなければ、ファシズムが台頭することもなかったかもしれません。いまだにボルツァーノの町を歩くと、すべてから敵意がにじみ出ているようで、心が乱れます。至るところにファシズム支配の二十年の爪痕があり、それを見るにつけ、エーリヒの顔が私の脳裏をよぎり、さぞや怒りで腸《はらわた》が煮え返ることだろうと思わずにはいられないのです。

それまでは、とりわけ国境沿いの谷間の村では、季節の移り変わりによって暮らしのリズムが刻まれていました。途中で消える木霊《こだま》と同様、これほど山深いところまでは歴史が到達しないかのように。村で話される言葉はドイツ語で、宗教はキリスト教、仕事といえば畑作と牧畜ぐらい。この山で暮らす人々（あなたもここで生まれたのだから、その一人ですね）を理解するには、ほかに付け加えることなどありませんでした。

ムッソリーニは、通りや小川や山々、すべてのものの名前を新しくしました。あの傍若無人な連中はそれでも飽き足らず、死者をも冒瀆《ぼうとく》し、墓碑に刻まれた文字まで変えさせたのです。私たちの名前をイタリア風にし、商店の看板も掛け替えさせた。村の伝統服を着ることも禁じました。ある日突然、教室にヴェネト地方やロンバルディア地方、シチリア島出身の教師たちがやってきたのです。彼らは私たちの話が理解できず、私たちは彼らの話が理解できませんでした。ここ南チロルでは、イタリア語はどこかの蓄音機から流れてくるか、あるいはトレンティーノ川をさかのぼり、オーストリアへと向かうヴァッラルサの行商がやってきたときに耳にするだけの異国の言葉だったのですから。

あなたの名前は珍しいから、たいていすぐに憶えてもらえたけれど、名前を知らない人たちは、「エーリヒとトリーナの娘」と呼んでいました。私とあなたはまるで二滴の雫《しずく》のようにそっくりだとよく言われたものです。

「迷子になっても、間違いなく送り届けてもらえるな！」パン屋の主《あるじ》は、歯の欠けた口をすぼめて笑いながら、あなたに手を振っていました。憶えていますか？　通りを歩いていてパンの匂いがしてくると、あなたはいつも私の手を引っ張って店の前まで行き、ひとつ買ってとせがんだものでした。焼きたてのパンがなによりの好物でしたね。

私はクロン村の人たちを一人残らず知っていたけれど、友達と呼べるのはマヤとバルバラだけでした。二人とももうこの村には住んでいません。何年も前に村を出て、いまではもう、生きているかどうかさえわかりません。私たち三人はとても仲がよかったので、おなじ高等学校に通うことにしました。師範学校は遠すぎて通えなかったけれど、年に一度、ボルツァーノまで試験を受けに行くのは、冒険のようで楽しかった。私たちは興奮して街を闊歩《かっぽ》し、牧場や山ばかりではない、ビルや商店、往来の激しい通りから成る世界を垣間見たのでした。

私とマヤは教えることが大好きで、教壇に立つ日が待ち遠しくてたまりませんでした。一方、バルバラはお針子さんになりたがっていた。それでも進学を選んだのは、「三人で一緒にいられる」というだけの理由でした。あの時分、バルバラと私はつねに行動を共にしていて、よく互いの家まで送り合っていました。門の前に着くと、今度は送ってもらったほうが、「まだ明るいから家まで送っていく」と言うのです。

いつもたいそう遠回りをして、川辺を歩いたり、森の縁に沿って散策したりしていました。そんなふうに散歩をしていると、よくバルバラに言われたのを憶えています。「あたしもあなたみたいな性格だったらよかったな……」

「どうして？　私がどんな性格だって言うの？」

「自分の考えを持っていて、目指すべき道を知っているでしょ。あたしはなにをするにも頭のなかがごちゃごちゃで、いつだって誰かに手を引っ張ってもらうことを期待してる」

「私なんてあんまり得な性格でもない気がするけど」

「あなたは理想が高いからそんなふうに言うのよ」

私は肩をすくめました。「どっちにしても、バルバラみたいな美人になれるなら、こんな性格いつでも譲るわよ」

するとバルバラはにっこり微笑み、周囲に誰もいなければ、あるいは空が薄暗くなりかけているときならば、私の頬にキスをし、甘い言葉をささやくのでした。それがどんな言葉だったかは忘れてしまったけれど。


統帥《ドゥーチェ》がやってきたことによって、イタリア人でない私たちは間違いなく職にあぶれる危険がありました。そこで、採用の望みを懸けて、三人でイタリア語の勉強をはじめたのです。あの春、午後はよく湖の畔《ほとり》で文法の教科書と睨めっこしながら過ごしました。それぞれの家で昼食を済ませてから待ち合わせたので、ナプキンに包んだ果物を持ってくることもあれば、口に食べ物を頬張ったまま来ることもありました。

「ドイツ語を話すのは、もうやめ！」ついついお喋りに夢中になってしまう自分たちを戒めるために、私は言いました。

「先生になりたいとは思ってるけど、他人の言葉を教えるのなんて真っ平ごめんだわ！」殴り書きだらけのノートを平手でぱんぱん叩きながら、マヤが文句を言いました。

「それを言うなら、あたしは洋服のデザインがしたかった」バルバラも不平をこぼします。

「べつにお医者様があなたに教師になれって指示したわけじゃないでしょ？」マヤが言い返しました。

「いまの意地悪な言い種《ぐさ》、聞いた？　お医者様が指示したわけじゃないって、どういう意味よ」

四方にひろがる豊かな赤毛をポニーテールに結びながら、バルバラが抗議しました。そして、誰も結婚せずに、三人で共同生活を送るべきだという持論を持ち出したのです。

「あたしの言うことを聞いてちょうだい。結婚なんかしたら、家政婦代わりにこき使われるだけよ」バルバラは確信に満ちた口調でそう結論づけるのでした。

私は家に帰ると、すぐにベッドに入りました。あの頃の私は、いつだって独りの時間を欲していました。ベッドに潜り、じめじめとした暗い部屋で考えごとに耽っていた。望むと望まざるとにかかわらず大人になりつつある自分に、戸惑っていたのです。あなたも、そんな恐怖心を抱いたことがありますか。それともあなたは父親似で、人生を滔々《とうとう》たる川の流れのように捉えていたのでしょうか。私は、高等学校卒業や結婚といった、人生における変化や節目が近づくたびに、決まってその場から逃げ出して、すべてをご破算にしたいという衝動に駆られました。なぜ、生きるということは、なにがなんでも前に進むことでなければいけないのでしょう。あなたが生まれてくるときにも、「どうしてもう少しお腹のなかに入れておけないの？」と思ったものです。

五月には、平日もマヤとバルバラと三人で過ごすようになりました。私たちの熱意と高等学校の卒業資格をファシストたちが認めてくれることを祈りつつ、その風変わりな言葉の特訓を続けていたのです。とはいえ、私たち自身も心のどこかではそんな努力が認めてもらえるなんて思っていなかったので、文法の勉強はそっちのけで、三人で円《まる》くなってバルバラの持っていたイタリアの歌のレコードを聴いていることもありました。

ここに戻ってきてくれるなら、
キスしてあげる。
だけど戦争に行くというなら、
キスはお預けね。

筆記試験の一週間前、父がバルバラの家に泊まることを認めてくれました。最初は反対されたけれど、苦労してようやく説得に成功したのです。

「わかった。友達の家に泊まっていいことにしよう。ただし、素晴らしい成績表を持って帰るんだぞ」

「父《バ》さんにとって、素晴らしい成績表ってどんなの？」私は父の頬にありがとうのキスをしてから、尋ねました。

「そうだなあ、オール十かな」父は両手の指をすべて立てて見せながら言いました。その傍らで靴下を編んでいた母も、うなずきました。母は、「足を冷やすと身体全体が冷えるんだよ」というのが口癖で、暇さえあれば靴下を編んでいました。

けれども、私は素晴らしい成績を収めることはできませんでした。高等学校に入学するとき、三人のうちでいちばんいい成績をとった人がみんなに飲み物をおごり、タルトを焼くと約束したけれど、それはマヤの役回りとなったのです。ただし、マヤが満点をとれたのは、担任の先生が好色漢で彼女の胸ばかり見ていたからだと、バルバラは言っていました。

「それで、あたしの成績が七だったのは、胸がこんなに小さいからよ」胸を突き出し、両手で大きさを測ってみせながら、バルバラがぼやきました。

「成績が七なのは、あんたの頭が悪いからでしょ！」マヤが言い返すと、たちまちバルバラがつかみかかり、二人は草むらで転げまわりました。陽射しがまぶしかったので、私は目を細め、そんな二人を笑いながら見ていました。

4

卒業後も、私たち三人は相変わらず湖の畔の唐松林の下でたむろしていましたが、そのころには誰もイタリア語を勉強しようとは言わなくなりました。

「どこかの学校で採用してもらえるといいけど、どこも採用してくれなかったら、あんな連中、地獄に落としてやる」マヤは息巻いていました。

「この村に卒業資格を持った人はほかにいないもの、採用してもらえるに決まってる」バルバラは楽観的でした。

「ファシストがあんな紙切れを重視するわけないでしょ。イタリア人しか働かせるつもりがないのよ」

「せっかく勉強したのも無駄に終わるかもしれないね」マヤが大きな溜め息を洩らしました。

「結局、喧嘩しながら、お父さんの工房を手伝うしかないのかも」

「家にいて靴下を編んでるよりよっぽどいいじゃない」私は言いました。来る日も来る日も母と顔を突き合わせていると想像しただけで、息が苦しくなるのでした。

そのあいだにもファシストたちは、学校だけでなく、各地の役場や郵便局、裁判所を占拠していきました。チロル人の職員は即刻解雇され、代わりに働きはじめたイタリア人が、事務所に「ドイツ語の使用を禁ずる。ムッソリーニ閣下はつねに正しい」と書かれた貼り紙を掲げました。夜間の外出禁止令が出され、土曜の午後の村長《ポデスタ》（ファシズム政権に任命された市町村長）が参加しての集会や、彼らの祝祭日などが強制されたのです。

「まるで地雷原を歩いているような感覚よね」マヤはよくそうぼやいていました。いつの間にかとりとめもないお喋りを始める私たちに、呆れ顔で、「ひどいことが起こっているのがわからないの？」と、さも忌々しげに言いました。「クロン村、レジア村、サン・ヴァレンティーノ村……ファシストがやってきてからというもの、なにひとつ私たちのものじゃなくなってしまったのよ。男の人たちは居酒屋に行かなくなったし、女の人たちは塀に沿ってこそこそ歩いてる。夜は誰も出歩かない。いろいろなことが次々と起こるのに、二人とも、よくそんなふうに平気で受け流せるわね」

「兄さんが、ファシズムは長くはもたないだろうって言ってたわ」バルバラはそう言って、マヤをなだめようとしました。

それでもマヤは鎮まる気配がなく、馬のように荒い鼻息で草原に仰向けに寝そべり、二人とも周囲の目ばかり気にしてるんだからと、私たちを非難したのです。

マヤは、私やバルバラとは異なる教育を受けて育ちました。マヤのお父さんは学があり、南チロルだけでなく、世界でいま起こっていることを何時間もかけて娘たちに解説するような人でした。ムッソリーニが何者で、大臣はどんな人物なのかを語って聞かせていたのです。私やバルバラがマヤを訪ねていくと、延々と喋りはじめ、一度も聞いたことのないような人名や地名を列挙しながら、詳しく解説してくれました。そして、最後にはこう言って私たちの注意をうながすのでした。「いいか、忘れるんじゃないぞ。結婚したら旦那さんにもしっかり伝えるんだ。君たちが政治に関心を持たなかったら、いつか政治に支配されることになる」そして、別の部屋へ引っ込んでいきました。お父さんを尊敬しているマヤは、なにか言われるたびに大きくうなずくのですが、私とバルバラは自分たちが無知になったような気がして、窓の外を眺めていました。

「この調子でいったら、マヤはお父さんに輪をかけて熱狂的になるわね」家に帰る道々、バルバラとそんなふうに言い合ったものです。

ときどき私とバルバラは二人だけで出掛けました。自転車にまたがってサン・ヴァレンティーノ村まで行き、湖に沿って走ると、水面《みなも》から吹くひんやりとした風が、汗をかいた顔にぺったりと貼りつくのを感じました。

「まるで山が私たちと一緒に成長してるみたい」顎で風を切ってペダルを漕ぎながら、バルバラが言いました。

「あの向こうに世界が隠れているのかな」当時の私は、家出をしたいと思った翌日には、生涯家に閉じこもっていたくなるといった具合に、日々心が揺れ動いていました。

「世界なんてどうでもいいじゃない」バルバラはそう言って笑いました。

父は、工房から帰るたびに、あたりがまたきな臭くなってきたとつぶやきました。マヤの両親は、いまのうちにファシストの手の届かないオーストリアに脱出したほうがいいと言っていましたし、バルバラの両親は親族を頼ってドイツへ行きたがっていました。

しだいに、南チロル地方の住民の顔ぶれが変化していきました。数か月が過ぎても統帥《ドゥーチェ》によって送り込まれるイタリア人移住者は引きも切らず、このクロン村にも住み着くようになりました。南部からやってきた余所者《よそもの》は、大きなトランクを提げ、上を仰ぎ、見たこともないような斜面や、すぐ近くに迫る雲を眺めているので、ひと目でそれとわかるのでした。

最初から、彼らは私たちと敵対関係にありました。彼らの言葉と私たちの言葉。突然やってきた権力の横暴と、何世紀にもわたって続いてきたルーツを守ろうとする者たち。

エーリヒは仕事帰りによくうちに寄り込むようになりました。父とは以前からの知り合いで、両親を早くに亡くしたエーリヒに、父はなにかと目をかけていたのです。

一方、母は彼のことがあまり好きではありませんでした。「あの若者はなんだかお高くとまってるね。しょうがないから話し相手をしてやってるって感じじゃないの」などと言っていました。社交的ではない母が、相手にはそれを求めていたのです。

父は彼を腰掛けに座らせました。そして自分の椅子を半回転させると、背もたれに頬杖をつき、鬚だらけの顔を両手のあいだにうずめました。そんなふうにして向かい合っていると、エーリヒは父の息子のようでした。心が不安定で、あらゆることに対して助言を求めてくる息子。私はドアの柱の陰から二人の様子をこっそりのぞいていました。息を殺し、両方の掌《てのひら》を壁にぴったりくっつけて、できるだけ身体を薄くしながら。弟のペッピが顔を出すと、慌てて隣に行って口をふさぎました。弟がもがいても、当時はまだ力で押さえつけることができました。ペッピは私よりも七歳下で、母にかわいがられていた以外、特筆するようなこともありませんでした。私にとってはただの洟《はな》たらしで、顔は薄汚く、膝小僧はいつも擦りむけていました。

「イタリア政府はダムの建設計画を再開したがっているらしい」ある晩、エーリヒが言いました。「サン・ヴァレンティーノ村のほうまで放牧に行く人たちが、土木作業員の一団を見かけたと言っていた」

父は肩をすくめ、人の好《よ》さそうな笑みを浮かべました。「もう何年も前から噂されているが、なにも進んだ例《ためし》がない」

「もしダムの建設を始める気なら、なんとしてでも阻止しなくては」エーリヒは遠くを見つめて言いました。「ファシストは村の生活を壊し、住民をイタリアの各地に離散させるつもりらしい」

「そう心配するな。たとえファシズムが持ちこたえたとしても、ここにダムは造れんさ。ここは泥土だから地盤が緩い」

それでもエーリヒの灰色の瞳は、猫の眼《まなこ》のように落ち着きのないままでした。

ダムの建設計画が初めて公になったのは一九一一年のことでした。モンテカティーニ社（イタリアの化学分野の大企業。現エディソン社）の経営陣が、レジア村とクロン村の土地を買いあげ、川の流れを利用してエネルギーを生産しようと考えたのです。イタリアの起業家や政治家たちが、アルト・アディジェ地方には電力《ホワイト・ゴールド》の鉱脈があると言って頻繁にエンジニアを送り込み、渓谷を掘削し、川の流れを調査するようになりました。私たちの村は水の底に消え、農場も、教会も、工房も、家畜たちが草を食《は》んでいた牧草地も、すべてが沈む。ダムが造られたら、家も家畜も仕事も失い、私たちのものはなにひとつ残らないでしょう。村を出て、別の人生を送らなければなりません。別の方法で食い扶持《ぶち》を稼ぎ、別の場所に移り住み、別の人たちと暮らす。南チロルからもヴェノスタ渓谷からも離れた土地に骨を埋《うず》めることになるのです。

さいわい一九一一年の時点では、地盤にリスクがあると判断され、計画は頓挫しました。一帯の地盤は苦灰岩《ドロマイト》の岩屑《がんせつ》から形成されていて、脆いことが判明したのです。けれども、ファシスト党が政権を握ったいま、統帥《ドゥーチェ》は、早急にボルツァーノとメラーノに産業の拠点を築きたがるにちがいないと誰もが噂していました。いずれ二つの町は二倍にも三倍にもふくれあがり、仕事を求めるイタリア人が大挙して押し寄せる。そうなったら、エネルギーの需要も桁違いに増えるだろうと。

村の居酒屋や、教会の中庭、そして父の工房でも、エーリヒは声を嗄《か》らして村人たちに説いていました。「いいか、連中は戻ってくる。必ずまたやってくるから、油断は禁物だ」エーリヒが懸命に訴える傍らで、村人たちは平然と酒を飲み、煙草を吹かし、カードゲームに興じるばかり。唇を結び、まるで蠅でも追い払うかのように宙で手を振り、エーリヒの話を遮るのでした。「目に見えないものは存在しないと思ってるんだ」エーリヒは父にこぼしていました。「グラスにワインが満たされていれば、あとはどうなってもいいんだろう」

5

新たな行政府は、私たちではなく、ヴェネト地方の農村やシチリア島から来た、読み書きもあやふやな者たちを教員として採用しました。南チロルの子供たちが学校でなにを学ぼうと、統帥《ドゥーチェ》にはまったく関心がなかったのでしょう。

私たち三人は意気消沈し、村人たちが往き来する広場をほっつき歩いて日々をやり過ごしていました。広場では夕方まで露天商の呼び声が響きわたり、女たちが荷台のまわりに群がっていました。

ある朝、司祭が近づいてきて、両側の壁が苔むした、人気《ひとけ》のない路地に私たちを招き入れました。そして、本気で教えたいと思っているのなら、地下墓所《カタコンベ》に行かないかと誘ったのです。「地下墓所《カタコンベ》へ行く」というのは、非合法の教師をすることを意味していました。禁じられているため、見つかれば罰金が科せられるだけでなく、殴られたり、ひまし油を飲まされたり、事と次第によってはどこか遠い島に流される危険もある。バルバラは嫌だと即答し、私とマヤは決めかねて顔を見合わせました。

「迷っている時間はない」司祭が返事を急《せ》かしました。

家に帰ってそのことを話すと、母は怒鳴りだしました。黒人たちと一緒にシチリアへ送られると言って。一方、父は引き受けるべきだと言いました。私は意気地なしだったので、正直なところあまり気が進みませんでした。それでも行くことにしたのは、エーリヒの前でいい恰好がしたかったからです。当時エーリヒは、非合法の集会に参加したとか、ドイツの新聞を手に入れたとか、ドイツへの併合を支持するグループの活動に参加したなどと話していました。地下墓所《カタコンベ》で教えれば、教師という仕事が本当に自分に向いているかわかるだけでなく、あの人に好印象を持ってもらえるよい機会だと思ったのです。

司祭は、私にサン・ヴァレンティーノ村の地下蔵を、マヤにはレジア村の家畜小屋を割り当てました。授業は暗くなりはじめる午後の五時頃から。さもなければ日曜のミサの前の、やはりあたりが薄暗い時間でした。私は、それまで存在すら知らなかった砂利道を、息を切らして自転車を漕ぎました。一枚の葉がそよぐたびに、あるいは一匹のコオロギが鳴くたびに、驚いて悲鳴をあげながら。サン・ヴァレンティーノ村の手前にある藪の陰に自転車を隠し、警察官とすれちがわないことを祈りながら、下を向いて歩きました。忌々しいことに、その頃には警察官は苞蛾《つとが》よりもたくさんいるのではないかと思うほどに増えて、そこかしこで目を光らせていたのです。

　マルタさんの家の地下蔵では、ワインの大瓶《ダミジャーナ》や古い家具を隅に積みあげ、藁の山の上に座って授業をしました。外の物音に注意を払う必要があったので、みんな小声で話しました。庭から足音が聞こえただけで、私たちは震えあがりました。どちらかというと男の子のほうが無頓着で、女の子はすぐに怯《おび》えた目で私にすがるのでした。生徒の数は全部で七人。私はドイツ語の読み書きを教えました。子供たちの手をとり、甲羅のようにごつごつとした私の手のなかに包み込む。そして最初はアルファベット、次いで単語、さらには簡単な文章が書けるようになるまで手解《てほど》きしました。はじめのうちは不可能に思えたのですが、毎日繰り返すうちに、生徒たちは行を飛ばさないよう指で文字を追いながら、一音節ずつ声に出して読めるようになっていきました。ドイツ語を教えるのは素晴らしい体験でした。あまりに楽しくて、ときには自分が非合法の身であることも忘れるほどでした。教えながら、私はよくエーリヒのことを考えていました。地下蔵で一生懸命になって粘板岩《スレート》に文字や数字を書き、子供たちに写させ、抑えた声で音読させているところを見たら、あの人はきっと私を誇りに思ってくれるにちがいないと思ったのです。授業が終わる頃にはたいてい頭が痛くなり、結んでいた髪をほどいて家路を急ぎました。ですが、頭痛でさえも、恐怖を紛らわせてくれる仲間のような存在でした。

　ある晩、二人の警察官が地下蔵のドアを蹴破って入ってきました。まるで私たちが盗賊ででもあるかのように。一人の女の子が悲鳴をあげ、ほかの子たちは四隅に散り、警官と目を合わせないように壁を向きました。セップだけが元いた場所にとどまり、ゆっくりと警官の一人に近づきました。そして静かな怒りを込めて侮蔑の言葉を吐いたのです。私はあのときのセップの姿を決して忘れないでしょう。警官はドイツ語を理解できませんでしたが、セップの顔面に平手打ちを喰らわせました。それでも彼は少しも怯《ひる》みません。涙ひとつ流さず、憎しみを湛《たた》えた眼差しで警官を睨んでいました。

　子供たちみんなを外に出すと、警官は黒板を壁に叩きつけて砕き、大瓶を蹴り散らし、家具をひっくり返しました。

「牢屋にぶち込んでやる！」そうわめきながら、私を役場まで引きずっていきました。

　私はがらんとした部屋に閉じ込められ、そのまま放置されました。壁には、腰に手を当てて誇らしげな表情を浮かべるムッソリーニの肖像写真が飾られていました。多くの女性に愛されているという噂を聞いていたので、私は彼のどこがそんなにいいのか理解しようと写真を眺めました。少しでもうとうとすると、すぐに警官が入ってきて、テーブルに棍棒を叩きつけ、私を起こします。私の目の前にランプを突きつけ、「誰から教材をもらった？」「ほかの非合法の教師たちはどこに潜んでやがる？」「あの生徒たちはどこの家の子だ？」などと尋問するのです。

私を迎えにきた父は、口髭を引っ張られました。彼らはいつも、気に喰わない相手にそうしていたのです。そして、高額の保釈金を支払わされました。私は胃が痙攣し、目は充血し、身も心もずたずたでした。もう地下墓所《カタコンベ》には二度と行くな。そう叱られるだろうと思っていましたが、父は水飲み場で布を濡らして私の顔を拭きながら、言ったのです。「こうなったからには、とことんやるがいい」

結局、場所を変えて続けることになり、父のお得意さんの家の屋根裏に教室を移しました。生徒たちはまた通ってきたけれど、あの日、悲鳴をあげた女の子だけは二度と来たがりませんでした。どの子も紙を数枚持っているだけで、それすら持っていない子もいました。なかには、通うことを義務づけられていたイタリアの小学校で使っているノートのページを破って持ってくる子もいました。授業が終わると、私は裏口から子供たちを帰しました。あるときなどは、ドアを叩く音がいきなり響いたので、鼠のように素早く屋根に登ったこともありました。私は子供たちが下に転げ落ちやしないかと気が気でなく、必死でみんなを押さえていました。ほどなく奥さんがやってきて、大丈夫、配達に来たパン屋さんだったわ、と笑って言いました。

夏になると、野山で授業ができるので、ずいぶん楽になりました。明るい陽射しのもとでは嫌なことなどなにも考えずにいられるし、野外でならば、遊び感覚で授業ができました。クリスマスにマヤの農場で披露しようと考えていたお芝居を何時間もかけて練習したり、アンデルセンやグリム兄弟の童話を音読したりするだけでなく、禁じられていた詩の朗読もしました。私が子供の頃にはまだオーストリアの小学校があり、そこで暗唱した詩を憶えていたのです。ときおり通りのほうから物音がして、慌てて口をつぐむことがありました。するとセップが私の手を握り、氷のように冷静な目で私を落ち着かせてくれるのでした。何年かのちに、そのセップが、もっとも年の若いナチスの協力者の一人となり、ボルツァーノの強制収容所で捕虜の選別にあたっていたと知らされることになるのですが。

私は毎晩のように憲兵と黒シャツ隊の夢を見ました。はっと目を覚ますと、ぐっしょり汗をかいていて、そのまま寝つけずに何時間も天井と睨めっこをするのです。ふたたび眠りにつく前に家じゅうを隈なく調べてまわり、本当に誰も潜んでいないか確認せずにはいられませんでした。ベッドの下や洋服簞笥《だんす》のなかまでのぞいていると、向こうの部屋から眠りの浅い母の声がしました。「トリーナ、こんな時間に歩きまわってなにをしてるの？」

「軍警察《カラビニエーリ》が隠れてないか調べてるの！」私はそう答えました。

「ベッドの下に？」

「そう……」

すると母は寝返りを打ち、あの子は頭がどうかしちまったみたいだね、とぶつぶつ言うのが聞こえてくるのでした。

非合法の教室の数は少しずつ増えていきました。密輸人がバイエルンやオーストリアから、ノートやそろばん、黒板などを調達してきてくれました。手に入った教材はまとめて司祭たちのところに運ばれ、そこで分配されます。ファシストたちは、「ドイツ語を話すことは禁ずる」という掲示を至るところに貼り出しているにもかかわらず、なにひとつイタリア化できないので、ますます暴力に訴えるようになりました。

やがてまた冬がめぐってくると、軍警察の目をごまかすために、子供たちは変装をして教室に来るようになりました。まるで熱でもあるかのように厚着をしたり、継ぎの当たった作業着を着たり、初聖体拝領式にでも行くかのような盛装をしたり……。帰り、自転車で夜道を急ぎ、曇った窓ガラスからオイルランプの灯りの洩れる我が家がようやく見えてくると、また今日も彼らの目をごまかせたと思い、自然と笑みがこぼれるのでした。

ある日、私はバルバラと二人で出掛けました。草むらでキスをして立ちあがろうとすると、服の裾が破けていました。あの頃の私たちは、よくそんなふうにキスをしていたのですが、なぜかはわかりません。若い頃の行動には、理由などないものなのかもしれません。私たちは切り株に腰掛けていました。バルバラはチョコクッキーの入った包みを抱えて。

「ドイツ語を教えるの、好きなんだ」クッキーを頬張りながら、私は言いました。「ファシストに逆らっていると思うと、ますます好きになる」

「怖くないの？」

「最初は怖かったけど、近頃は生徒たちの表情が読みとれるようになったわ。みんなが安心していると、私も安心できる」

「あいつらのせいで、あたしたち、結局学校で教えられなかったね」バルバラはしょげた様子でした。

「バルバラも一緒に来たらいいのに」

「トリーナ、言ったでしょ。あたしとあなたは性格が違うの。あなたみたいな目に遭ったら、あたし心臓発作を起こして死ぬに決まってる」

「ちょっと怖い思いをしただけよ」

「最近は店の手伝いをするようになって、お父さんも頼りにしてくれるし……」バルバラは自己弁護するように続けました。

「べつに仕事をやめなくたって、教えられるでしょ。何時間か空いたときに授業をすればいいんだもの」私は早口で言い添えました。「子供と一緒に過ごすのは、バルバラにとってもいいことだと思う。大人といるよりずっと楽しいんだから」

バルバラは下唇を嚙みながら長いこと考えた挙げ句、言いました。「わかったわ。やってみる。でも、誰にも内緒よ。私の両親にも言わないで」

そのことを司祭に伝えると、即座に賛成してくれました。ちょうどレジア村で新しく教室を始めようと準備していたグループがあったのです。

初めて教えに行ったバルバラが、授業は楽しいし、自分は教えるのが好きだと思うと報告してくれたすぐあとのこと。木曜の晩で、クロン村では雨が降っていました。十一月によく降る篠突くような雨でした。私は弟のペッピと家にいて、肉団子を捏《こ》ねていました。

表で誰かが大慌てで自転車を放り出すなり、拳でうちのドアを叩き、中に入ってこようとしました。

「連中が、地下の聖具室に踏み込んだわ！　なにもかも叩き割られ、子供たちは蹴散らされた」悲鳴に近い声がしました。「バルバラだけが残されて、髪を引っ張られ、車に乗せられたの」怯えた目をしたマヤが、息も絶え絶えに続けました。「リーパリ島に送られるそうよ」

私は口の奥で唾液が固まり、バルバラが殴られたのか訊くこともできずに、立ち尽くしていました。

戸口の外では雨が降り続き、私の顔を濡らしていました。

6

父とエーリヒは、毎日のようにおなじことを繰り返していました。グラッパを呑み、煙草を吹かしながら、ぼそぼそと話す。そのあいだ、私もいつもおなじことをしていました。ドアの柱の陰に隠れて空想をめぐらせる。そして、彼が家に帰ろうと立ちあがった瞬間、台所に逃げ込み、テーブルクロスを畳むふりや、砂漠から命からがら逃げてきた人のように水を飲むふりをしていました。私はそんなことを永遠に続けるのだろうと思っていたし、結局のところ、それで満足していたのです。いつも一人で、あの腰掛けに座っているエーリヒを見ていると、私も寂しいとは思いませんでした。結婚とか、子供とか、そうした舞台をつくりあげるのではなく、こっそりと彼のことを見つめ続ける。それもひとつの愛の形だと思っていました。

そんな十一月のある日、エーリヒが顎に大きな切り傷を負って現われました。傷は顎から首を通り越し、シャツの下まで続いています。何者かが、彼の顔をスイカみたいに真っ二つに割ろうとしたかのようでした。傷を見た父は、すぐさま両脇を抱きかかえて彼をストーブの前に連れていき、椅子に座らせました。

「昨夜《ゆうべ》、農家仲間と村外れで身を潜めてたら、イタリア人の視察団が来た。それで、大声で言ってやったんだ。『俺たちは何世紀も前からここに住んでいる。父親の代も、子供たちの代も、みんなこの土地で暮らしているし、死んだ先祖たちも、この地に眠ってるんだ！』そうしたら、あの卑怯者どもめ、棍棒を出しやがった。慌ててエンジニアが制止し、これから住民とのあいだで合意が結ばれると説明したんだ。『数軒の集落よりも、発展のほうが大切だ』と言ってね」

私は、怪我をしたエーリヒを見るのはつらかったけれど、お蔭で堂々と彼の介抱ができるのが嬉しくて、脱脂綿で傷の手当をしながら、エーリヒ、なにがあっても私が手当をしてあげるから、怯まず抗議を続けて、と言いたい衝動に駆られました。

「すると、仲間の一人が反論したんだ。どんな条件を提示されようと、俺たちは絶対に立ち退かない、村じゅうで抵抗してやるってな。『みんなで熊手を手に戦ってやる。家畜小屋の戸を開けて、犬たちをけしかけるぞ』とわめいたら、棍棒と鞭が飛んできたというわけさ」そして顎の傷に触れました。そうしなければ自分の言葉を信じてもらえないとでもいうように。

父は、あんぐりと口を開けたまま話を聞いていました。

「うちで食事をしていったら？」私がさりげなく尋ねると、すぐに母が恐ろしい目で睨みました。

エーリヒは、いや、独りになって考えたいと言いました。


ある日の午後、私はバルバラの家に行くことにしました。歩いて百歩ほどの距離に住んでいるのに、あの日を境に、手をつなぐことも一緒に散歩することもできないなんて、耐えられなかったのです。昼食が済んで、母がひと休みしにベッドへ行くのを待ち、私はテーブルの上にあったタルトをひと切れもらって布巾に包むと、誰にもなにも言わずに家を出ました。

バルバラのうちの門の前に着いた私は、突然そこで足がすくみました。ノックをすることも、彼女の名前を呼ぶこともできません。仕方なく私は、家畜小屋のそばの窓からバルバラが顔を出すのを待つことにしました。両親に外出を禁じられたときなど、バルバラはよくその窓から外を見ていたのです。夏には窓が開け放たれていたので、迎えにいくと口笛を吹きます。するとバルバラも口笛で返事をし、すぐに下りてくるのでした。たいていお菓子の入った紙包みを持っていて、途中で一緒に食べました。お姉さんのアレクサンドラは、そんなふうに口笛で合図を交わし合うなんて、あなたたちは羊飼いよりも粗野だと嘆いていました。

果たしてどれくらいのあいだ門の前にいたでしょうか。私は根が生えたようにその場に立ち尽くしたまま、引き返すこともできませんでした。やがてアレクサンドラが家から出てきました。私を見ると、驚いて手に持っていた袋を落としました。

「バルバラと話をさせて」消え入りそうな声で私は言いました。

アレクサンドラは目を見ひらいて私を凝視していましたが、その瞳に、侮蔑と驚嘆のどちらがより多くこもっているかはわかりませんでした。やがて、顎をしゃくり、帰るように促しました。

「バルバラと話をさせて」私はもう一度頼みました。

「家にはいない」

「私に会わせたくないから、そう言ってるだけでしょ」

「そうよ、会わせたくない」アレクサンドラがきゅっと口を結んで言いました。「妹も会いたくないって言ってる」

「お願い。ここからでもいいから。窓からちょっと顔を出してくれるだけでいいの」私はなおも食い下がりました。

「あんたのせいで、妹は島流しにされるのよ。わかってるの?」

私たちは決闘でもするかのように無言で睨み合っていました。家畜小屋からは、羊たちの鳴き声が聞こえてきます。

「そこをどいて!」私は不意に声を荒らげました。「どいてったら!」もう一度わめきます。

そして闘牛のように頭を下げて突進しました。アレクサンドラを押しのけながら、私にそんな行動をさせているのは、私ではなく、私の身体の奥の、これまで自分も知らなかった部分のような気がしていました。私たちはまるで二頭の牝犬のように取っ組み合いました。アレクサンドラが私の髪を引っ張り、地面に蹴り倒しました。

「帰らないなら、お父さんを呼ぶわよ」

私は自分のしでかしたことの重さを思い知り、恥ずかしさのあまりその場で死んでしまいたいと思いました。涙が頬を伝わり、アレクサンドラの爪で引っ掻かれた傷に染みました。

私が遠ざかるまで彼女は門の前に立ちはだかっていました。私は引き返す途中、一度だけ振り返り、せめて持ってきたタルトをバルバラに渡してほしいと頼みたかった。先ほどのつかみ合いで、アレクサンドラの袋のそばに転がっていました。けれどももう声が出せませんでした。

私は行く当てもなく、一人でさまよっていました。ようやく家に帰ったときには、とっぷりと日が暮れていました。家に足を踏み入れた瞬間、父がつかつかと歩み寄りました。

「いったいどこへ行ってたんだ？　暗くなってからずいぶん経つじゃないか。この跳ねっかえり娘め！」

私は泣き腫らして真っ赤な顔をしていたのに、父はなにも気づきません。私を叱ることに夢中で、引っ掻き傷さえ目に入らないようでした。

「おまえがあんまり心配させるから、母さんは熱があると言って雛鶏みたいに早くベッドに入ってしまったよ」

私は謝り、こんなことはもう二度としないと約束しました。ベッドに入ろうとしていたとき、大切な話があると父が切り出しました。

「父《パ》さん、お願いだから明日にして。今日は大変な一日だったの」

父は両手で私の腕をつかみ、無理やり腰掛けに座らせると、藪から棒に言ったのです。

「あの男と話した」

「誰と？」

「とぼけたことを訊くな」

「父さん、今日《ば》は大変な一日だったって言ったでしょ。お願いだからもう寝かせてちょうだい」

「あいつは、そんなふうに考えたことはなかったが、いいと言ってくれたぞ。むしろ、嬉しそうだった」

そのときになってようやく、エーリヒのことを話しているのだと理解した私は、手で顔をこすり、父のハンカチで目を拭いました。

「どうして私にひと言断ってくれなかったの？」

「おいおい、おまえのためにひと肌脱いでやったのに、その言い種《ぐさ》はなんだ？　あの男と一緒になりたいんじゃないのか？　それとも一生そうやってテーブルクロスを畳むふりを続けるつもりか？」

私はあんまり驚いたものだから、こめかみがどくどくと脈打ち、しゃっくりが止まらなくなりました。

「それで、あの人は私のことが好きって？」しゃっくりとしゃっくりの合間に、ようやくそれだけ訊くことができました。

「当然だろう。おまえは別嬪《べっぴん》だからな！」

「父《バ》さんからしてみればそうかもしれないけれど、あの人はどう思ってるの？」

「嫌いなわけがない」

「だけど、母《マ》さんは？　誰が母《マ》さんに言うの？」私は、混乱のあまり押しつぶされそうになり、声がうわずりました。

「問題は一つずつ解決していこう」父は腕を伸ばし、予想もしていなかった反応に目を剝いて、私を見つめました。

「お願いだからもう寝かせて」

「あいつと結婚したいと思っているんだろう？」

「エーリヒとなら結婚してもいいと思ってる」私は腰掛けから立ちあがりながら答えました。

「だったらなぜ、そんなにめそめそ泣くんだ」父はパイプのボウルを空にしながら、怒鳴りました。

　私がなにも言葉を返せないでいると、父が歩み寄り、高等学校の卒業試験から帰ったときよりももっと強く抱きしめてくれました。

「わしは嬉しいよ、トリーナ。彼は早くに両親を亡くしていて、貧しく、持っている土地も村でいちばん小さい。要するに、おまえを困窮させるのに十分な要素がそろってるというわけだ」そう言うと、わっはっはと笑いました。これでやっと私も笑顔を見せてくれるだろうと期待しながら。

その日の衝撃から立ちなおるのに、一週間はかかったでしょうか。ようやく心の整理がつき、状況がいくらか理解できるようになった私は、母のところへ行って尋ねました。「私、あの人と結婚してもいい？」

母ははたきをかける手を止めようとせず、振り返りもしないで答えました。「トリーナ、あなたの好きなようになさい。あなたみたいな口が達者な娘とは議論する気にもなれない。私の意見が聞きたいのなら、もっと早くに相談してくれたはずよ」

それは、母からはそれ以上望めないほどの賛意でした。

7

マヤが至るところにゼラニウムを飾りつけた教会で、父に導かれて祭壇の前に進み出たとき、私は涙をこらえるのが精一杯でした。挙式を前に感極まっていたわけではありません。ほかでもなくその日、バルバラが車に乗せられて、流刑地まで連れていかれることになったからでした。私は娼婦よりもひどい扱いをされ、手首に手錠をかけられた姿で街なかを引きまわされました。私はフリルのたっぷり入った糊の効いた純白のドレスを着て、髪を編み込みに結い、ぴかぴかの靴を履いているのに、バルバラは古いスリッパをつっかけ、髪も乱れていました。教会では司祭をはじめ、みんなが私のことを待ちかねていました。着飾るのに時間がかかっているのだろうと思っていたのでしょう。でも、私は教会の前で泣きながら、このままの格好でバルバラのところへ連れていってと父に懇願していました。軍警察に事情を話し、すべて私のせいなのだから、私も一緒に流刑地まで送ってほしいと訴えるつもりでした。

「トリーナ、落ち着くんだ」父は私にハンカチを差し出し、辛抱強く説得を続けました。あのときペッピもやってきて、二人がかりで祭壇まで力ずくで引きずって行かなかったら、私は挙式をすっぽかしたことでしょう。

私とエーリヒは、彼の家で暮らすことになりました。もとはエーリヒが両親と一緒に住んでいた家だったので、亡き人の存在が随所に感じられました。応接間は薄暗く、家具の上には亡くなったお義母《かあ》さんの写真が何枚も飾られていました。どこに視線をやろうとも目に飛び込んでくるのです。娘時代のお義母さん、子供たちを抱いたお義母さん、母親と一緒のお義母さん……。私は家の模様替えに腐心しました。自分で壁を塗り替え、家具の配置を変えました。家具を動かした拍子に、写真立てが落ちてガラスが割れてしまうこともありました。すると私はガラスの破片を箒《ほうき》で集め、亡き義母の写真にキスをして詫びると、いちばん下の抽斗《ひきだし》に放り込み、解放感から溜め息をつくのでした。そんなふうにして一か月もする頃には、すべての写真を片づけてしまいました。

その家にはいくらでもスペースがあり、周囲には広い草原もありました。グラウはいつも大喜びで駆けまわっていました。けれども家畜小屋が近いため、空気中に漂う肥《こえ》や飼料の臭いが皮膚からも浸透し、吐き気を催す夜もありました。寒さは言うに及ばず、冬には家のなかでも幽霊のように頭から毛布をかぶって歩きまわるしかありませんでした。おまけにドアの下からはびゅうびゅうと恐ろしい音を立てて隙間風が入ります。私たちは終始マヨルカ焼きのストーブから離れず、たまにしか身体を洗いませんでした。夕食を終えると、すぐにベッドに潜り込む。すると、ほぼ毎晩、エーリヒが飼い慣らされた動物のように私にすり寄ってきて、愛を交わすのでした。私にとっては儀式のようなものであり、好きだとも嫌いだとも思えませんでした。彼が気持ちよさそうにしているだけで十分だったのです。彼に抱かれているあいだ、バルバラのことが頭をよぎるのでした。いま頃いったいどこにいるのだろう。私を心底憎んでいるにちがいない、と。

まだ夜も明けきらないうちから私は彼と一緒に起き出して、牛乳のスープを作りました。必要なときには、乳搾りや飼い葉をやる仕事も手伝いました。早起きは少しも苦になりませんでした。一人になると、麦コーヒーをもう一杯淹れてから、生徒たちのところへ行きます。司祭の指示で、精肉店の裏にある道具小屋で教えていました。その頃には生徒は三人だけになっていました。ファシストたちは山裾の村々での捜索を強化し、何人もの教師を逮捕したり、罰金を科したりしていました。聖職者だけは、教理《カテキズム》という名目でドイツ語を教えることが許されていました。

授業が終わると、私は実家に寄って昼ごはんを食べました。午後はそのまま実家で過ごすか、さもなければ家に帰って本を読みました。私が本を読んでいると、母は時間の無駄だと言って嫌がりました。私が手に本を持っているのを見るたびに、あんたは地獄にも本を持っていくつもりかいと文句を言い、子供が生まれるときのために縫い物だって覚えなければいけないのだからと口を酸っぱくして言いながら、針仕事を押しつけるのでした。

日曜日になると、私とエーリヒは自転車に乗って出掛けました。川辺でのんびりし、籠いっぱいに茸を摘み、山の頂へとつながる道を走るのです。私がこの谷一帯を熟知しているのは、ここで生まれ育ったからというよりも、彼に連れられてあちこちめぐったからです。山の上で私が寒がると、エーリヒは背中をさすってくれました。細長くて筋張った指で撫でられるのが、私は好きでした。彼は祭日でも明け方には目を覚まし、「おい、空が澄んでいるから歩きに行くぞ！」と言ったものです。

私はベッドでぐずぐずしているのが好きでしたが、エーリヒはさっさと起き出して麦コーヒーを淹れ、私の枕もとまで持ってきてくれました。そして掛け布団を引きはがすのです。

子供のことはまだ考えなくていいと言っていました。私は欲しいと反論すると、肩をすくめ、「気が向いたら来てくれるだろうよ」と話を打ち切るのでした。

そんなことを言っているうちに、妊娠がわかりました。授業が終わって道具小屋から帰る途中、自転車を少し走らせたところで、痛みのような強い吐き気に襲われたのです。慌てて家までペダルを漕ぎ、急いで洗面台に向かおうとしたものの、いつもの優柔不断の性格が出て、このまま外にいたほうがいいかもしれないと一瞬ためらいました。それで結局、玄関で吐くという最悪の結果になってしまいました。

「ほらな、気が向いたら来てくれるって言ったろ?」エーリヒは私の胸に頭をもたせて笑いました。

身重のあいだ、私は四六時中眠気に襲われていました。授業から帰ると、なにか食べ物を口に入れて、そのまま横になっていました。その頃にはファシストたちにも慣れてきて、身籠もってからも、非合法の教師の仕事を辞めたいとは思いませんでした。お腹の赤ちゃんに守られているような気がして、恐怖は感じませんでした。

エーリヒは、畑仕事を終えて戻ってくるなり、まず私のお腹に手を当てました。そして、きっと女の子にちがいない、お袋とおなじアンナという名前にしよう、と言うのでした。

私は、「女の子だったら、マリカという名前にするの」と断言し、有無を言わせませんでした。

8

ミヒャエルは最初のうち、たっぷりと乳を飲んでは、父が籠を編み、母が綿のフランネルを敷き詰めた揺り籠のなかですやすやと眠っていました。あまり泣かない赤ん坊だっただけでなく、口を利くのも遅く、初めて言葉を話したのは三歳を過ぎてからでした。なにからなにまで、あなたとは正反対の子供だった。エーリヒはあまり赤ん坊には関心がなく、ミヒャエルに笑いかけたり、負ぶって寝かしつけたりする程度でした。なぜもっと子供と一緒に過ごさないのかと尋ねると、話ができるようになるまでは、どうやって相手をしたらいいかわからないという答えが返ってきたものです。

あまり手のかからない子だったうえに、毎日、午前中は母が子守りの手伝いに来てくれたので、私は無理なく授業を続けられただけでなく、マヤと二人で出掛ける時間もとれました。けれども、母に育児を手伝ってもらうのは、正直なところあまり気が進まなかった。家に入ってくるなり、私の胸をさすっては痩せすぎだと小言を言い、「それでは乳が十分に出ないでしょう」と詰《なじ》るのでした。おまけに、四六時中赤ん坊を抱きたがりました。母にとっては、何時だろうと乳を与える時間なのでした。

それからあなたが生まれるまで、四年の歳月を待たなければなりませんでした。あなたは、私にとって念願の女の子でした。私はいい母親でありたいと思っていたけれど、母に小言ばかり言われていたせいで、なかなか自分がいい母親だとは思えずにいました。それでも、あなたを待ち焦がれていたのです。あなたがお腹に宿っているとわかった日は、人生でいちばん幸せな日でした。この子は女の子にちがいないと確信していて、小説のなかに出てきた名前をつけようと決めていました。母に言わせると、読書も、私が教師になるために勉強していたときについた、くだらない習慣のひとつということになるのですが。

あなたが生まれたのは冬の夜でした。雪が深く積もっていたせいでお産婆さんが遅れ、到着した時にはもうあなたの頭が出かかっていました。そのため、すべて母が準備してくれました。盥《たらい》に水を汲み、いつでもお湯を沸かせるように竈《かまど》に火を熾《おこ》し、敷物を替え、膣が裂けないように、息んだり力を抜いたりするリズムを指示してくれたのです。そのときも母は将軍のように威張っていたけれど、細かな気遣いをしてくれ、私の手をずっと握っていてくれました。

あなたが生まれてきたとき、お産のにおいが部屋じゅうに立ちこめ、なぜかひどい羞恥心を覚えたものです。母があなたを産湯につかわせ、きれいにしてから、頭に小さなキャップをかぶせて私の胸に抱かせてくれました。そして額に汗を浮かべ、両手を腰にあてて言ったのです。「本当にあなたにそっくりだこと。できるだけ書物から遠ざけるようにしないといけないね」そして満足げに笑いました。あなたが赤くてしわくちゃではなく、白くなめらかな肌をしていたから。

エーリヒは、その数日前から薪《たきぎ》を集めに行っていて留守でした。数人の農家仲間と一緒に橇《そり》で出掛けていったのです。彼が薪集めに行っているあいだ、私はいつも気が気ではありませんでした。薪集めは危険な仕事で、以前にも橇のスピードが出過ぎて木に激突したり、谷底に落ちたりした事故があったからです。帰ってきたエーリヒに、私は、父がもう役所に届けを出してきたから、名前は変えられないと告げました。

「どうやらおまえは、世界一頑固な母親のところに生まれてきたようだね」エーリヒはあなたを腕に抱きあげ、じっくりと顔を見つめながら言いました。

あなたはミヒャエルとは違っていました。母乳をもどしてばかりいて、あなたに乳首を含ませるのは大仕事でした。すぐに吸うのをやめてしまうので、搾《しぼ》ってやらなければならなかったし、長いこと揺すらないと寝ついてくれませんでした。母が手首に結んでやった手作りのポンポンを握りながら、ようやく眠るのでした。赤ん坊は暗闇に落ちるのが怖いのだから、そばで見守って不安を和らげてあげないといけないの、と母は言っていました。夜はミヒャエルが、寝つくまであなたのそばにいました。あなたは最初のうち、榛色《はしばみ》の瞳を見ひらいてオイルランプの灯をじっと見つめているのだけれど、やがて瞼がぱたんと閉じるのでした。あなたが両手をばたつかせると、ミヒャエルはあなたが目を覚まさないように、お腹を優しく撫でていました。あなたは喋りはじめるのがとても早かった。だから私には、あなたは口が達者で、誰とでも話せるというイメージがあるのでしょう。

三歳になると、あなたはもう野兎のように外を駆けまわっていました。疲れ知らずの脚力で、ほどなく父も追いつけなくなりました。そして、いつの間にかエーリヒと一緒に野山を歩きまわるようになっていました。あの人は、あなたがどこかへ逃げ出そうとすると、首根っこを捕まえるのでした。私がいまでも鮮明に憶えている光景のひとつは、父とエーリヒのあいだに挟まれて歩いているあなたの姿です。

あなたとあなたのお兄さんの面倒をみているうちに私は疲れてしまい、やがて時間が足りないことを嘆くようになりました。私が子育てをしているあいだに、世の中では次々と素晴らしいことが起こっていて、あなたたちが成長して手が離れる頃には、もうなにも見つけられなくなるような気がして焦っていたのです。エーリヒに悩みを打ち明けても理解してもらえず、なんでそんなふうに自分で自分の人生をつらくするのかと問われるだけでした。

エーリヒは、放牧を終えて帰ったときに夕食の支度ができていなくても、家が散らかっていても、腹を立てることはありませんでした。パジャマのズボンに穿き替えるなり、片手であなたをひょいと抱きあげると、ポレンタを切るか、フライパンにバターをひいて卵二個分の目玉焼きを作るかし、立ったまま食べていました。食卓についてゆっくりと食事をすることにはこだわらない人だったのです。

成長するにつれて、エーリヒはますますあなたが可愛くなるようでした。あの人にとってあなたは、きっとトロフィーのような存在だったのでしょう。あなたを肩車し、耳もとでわめかれさえしなければ、煙草に火をつけ、勝利に酔いしれる将軍のように広場へ繰り出したものでした。一方、ミヒャエルのことはよく、カールの居酒屋や釣りに連れていきました。ビールのジョッキでミルクを飲ませ、大人になったような気分を味わわせていたのです。

夕方になるといつも、あなたたちは玄関先に出てエーリヒの帰りを待ち、こちらに向かって歩いてくる姿が見えたとたん、駆け寄って、家に入れまいとしていました。エーリヒは、牛や羊の臭いが身体に染みついているからと言って追い払うのですが、あなたたちはそんなことはどうでもいいとばかりに、脚のあいだに頭を突っ込むのでした。二人とも、彼と一緒に外で駆けまわりたかったのでしょうね。一日じゅう私と家のなかにいるのは退屈だったのだと思います。私はあなたたちを絨毯《じゅうたん》の上に座らせて、静かに眺めているのが好きでしたから。

それでも、二人とも眠くなると私のところに戻ってきて、あなたは私の肩に頭をもたせかけて、ミヒャエルは自分のベッドで、いつの間にか寝入ってしまいます。すると、あの人は煙草の煙をくゆらせながら、物憂げな声で話しだすのでした。ファシストたちが強迫観念のように彼の心を苛《さいな》んでいたのです。

「そのうち俺たちは、アフリカに送り込まれて働かされるか、奴らの滑稽きわまる帝国の辺境に送られて戦わされるかのどちらかだ」喉の奥に煙をためながら、エーリヒは文句を言っていました。「連中は、俺たちから仕事と言葉を奪い、困窮に陥れ、さんざん苦しめただけでは飽き足らず、この地から追い出し、忌々しいダムを建設するつもりなんだ」

それを聞きながら、私はなんと言葉を返していいかわかりませんでした。私には彼を慰める術《すべ》がなかったのです。

「だったら子供たちを連れて、この村を出ましょう」

「駄目だ！」彼は声を荒らげました。

「仕事はなくなるし、ドイツ語も話せない。おまけに村は破壊されるんでしょ？　なのにどうして村にとどまるの？」

「ここで生まれたからだ、トリーナ。親父もお袋もこの村で生まれた。君もここで生まれたし、子供たちもここで生まれた。村を離れたら俺たちの負けだよ」

9

一九三六年のこと、インスブルックで旦那さんと暮らしていたエーリヒの姉のアニタが、クロン村にやってきました。旦那さんのローレンツは長身で恰幅がよく、立派な口髭をたくわえていました。私は、裕福な都会人の義姉《あね》夫婦とは結婚式のときに一度会っただけでした。私たちよりもかなり歳が上の二人は、村に増えていた空き家を一軒、金融業者から買ったのです。私たちはすぐに親しくなりました。日曜にはたいてい一緒に食事をしたし、ときには平日の夕食まで共にすることもありました。料理好きのアニタは、よくうちに訪ねてきては、手作りのチャンベッラ（リング状のスポンジケーキ）を、「子供たちに食べさせてあげて」と言って、お裾分けしてくれました。

アニタはエーリヒに似ていて、目鼻立ちもそっくりでしたし、広いおでこもおなじでした。穏やかな性格の小柄な女性で、いつもにこやかに微笑んでいました。保険代理店の仕事をしていたローレンツは、オーストリアから戻るたびに、なにかしらお土産を買ってきてくれました。あなたたちは、彼の持ってくる玩具《おもちゃ》を見ると、信じられないというように目を見ひらき、「ありがとう、ローレンツ伯父さん」と何度も繰り返していましたが、抱きつこうとはしませんでした。きっと、立派な口髭を生やし、威厳があったせいでしょう。エーリヒは、義姉夫婦と一緒だと居心地がいいようでした。よくアニタに、まったく気が知れないという微苦笑を浮かべて、「なんだってわざわざこんな村に越してきたんだ？」と質問していました。

「都会にいるとゆっくり考える時間もなくてね」アニタは自分の手をじっと見つめて答えるのでした。

私は、ローレンツといると気詰まりを覚えました。ローレンツはいつだってダークブラウンのジレを着て、家にいるときでも蝶ネクタイを結んでいた。天気のいい日には、私たちを外食に誘うこともありました。そのたびに私は、片づけがあるなどと口実を作って断ろうとしましたが、彼は引き下がらず、結局、あなたたちを着替えさせ、一緒に出掛けることになるのでした。いつだってエーリヒと二人で政治談議に熱中し、私にはついていけません。それでも、ローレンツにとって、ドイツは世界を救う存在なのだということだけは理解できました。私とアニタは二人に何歩か遅れて歩いていました。アニタはいつもあなたたちの話をしたがりました。あなたたち兄妹の性格を注意深く観察していたし、二人の将来をどんなふうに考えているのかとしょっちゅう私に尋ねました。そのたびに、私は答えに詰まるのでした。アニタは、あなたの肌がまるで磁器のようにすべすべだとも言っていました。私も何度か、「なにをしにクロン村に来たの？」と彼女に尋ねたことがありました。すると、長年、夫について欧州の各地をまわったけれど、そんな暮らしに疲れてしまったのだと話してくれました。胸の内を打ち明けるとき、アニタは物憂げに顔を曇らせ、しばらく押し黙ってしまうのでした。さもなければ、「いつもあちこちを転々としているものだから、誰とも友達になれなくて……」とつぶやき、悲しそうに顔をゆがめるのです。

二人に子供がいない理由を尋ねたことはありませんでした。

ミヒャエルは雄牛のように頑丈で、ぐんぐん大きくなり、十一歳のときにはエーリヒと瓜二つでした。学校には行きたくないと言い張り、教室に入らずに、野山へ遊びに行ってしまうこともしょっちゅうでした。私がミヒャエルを叱っていると、ローレンツが割って入り、ミヒャエルの選択は正しいと肩を持つのでした。

「イタリアの学校は、統帥《ドゥーチェ》を称讃することしか教えない最低の場所だ。土地を耕して生きていく術を身につけたほうがよほどいいじゃないか」いつもの威厳のある声色で言いました。

私は強い口調で反論したくなるのを、歯を食いしばって堪えました。学校に行かないミヒャエルが心配で、夜も眠れませんでした。勉強もせずに野山にいたら、動物と変わらないじゃないかと思ったのです。一方、エーリヒはまったく意に介さず、ミヒャエルを連れ歩いては、ジャガイモの植え方や大麦やライ麦の種の蒔《ま》き方、羊の毛の刈り方や牛の乳の搾り方を教えていました。ときには父が仕事場に連れていくこともありました。父は自分の技術を誰かに伝えたがっていたのです。

ミヒャエルとは対照的に、あなたはいつも喜んで学校に通っていましたね。イタリア語も上手に喋っていた。夜になると、あなたはよくエーリヒの肩にまたがり、両手で彼の目を覆っては、学校で書いた作文を読みあげました。あの人は、それをドイツ語に訳してくれと頼んでいましたね。節くれだった手で拍手をし、あなたを高い高いするものだから、陽気な笑い声が部屋に響き渡りました。あるとき、素晴らしい点をとってうちに帰ってきたあなたは、私の鼻先でノートをひらひらさせながら、こんなふうに言いました。「ママ、大きくなったらあたしもママみたいな先生になるの。嬉しい？」

先日、一枚の古いセピア色の写真を見つけました。日記の一ページと思われる一枚の紙に貼られていたものです。おそらくローレンツが撮ったのでしょう。ピントの外れた写真で、ミヒャエルが思い切り私に抱きつき、あなたはその隣でエーリヒに抱きついていました。

あるとき、父が、もう工房には通えない、毎朝レジア村まで自転車で通うのでは心臓がもたないと言いだしたので、代わりに私が工房を手伝うことになりました。私は相変わらず正規の教職には就けていなかったし、その頃にはもう、小屋に通って非合法で教えることもやめていましたから。

私は自転車を漕いで家具工房まで通い、経理の仕事を手伝いました。そのうちに、納入業者に手紙を書いたり、職人たちに賃金を支払ったり、帳簿をつけたりできるようになりました。あなたは、学校から帰っても家に誰もいないときには、アニタ伯母さんのところへ行きました。彼女はあなたに対してもいつも穏やかで、微笑みを絶やしませんでした。私が仕事を終えて迎えに行くと、ホットチョコレートやハムといった、我が家ではとうてい口にできないようなものをご馳走になったと話してくれました。うちはますます経済的に困窮し、夕飯の食卓に並べるものにも事欠くような晩もありましたから。新婚当初は、私の教師としての月給も当てにしていました。

そのうち状況が落ち着けば、なんらかの形で教職に就けるだろうと考えていたのです。そのうえ、一九三八年には家畜のあいだで病気が流行《はや》り、感染を防ぐために半数は殺処分にしなければならなかったことも痛手でした。結局、羊はほとんどいなくなってしまいました。

ローレンツがお金を貸してくれると言いましたが、その申し出を受けるには私たちのプライドが高すぎました。エーリヒはメラーノまで出稼ぎに行こうと考えていました。ボルツァーノもメラーノも、統帥《ドゥーチェ》の思惑どおり工業地帯となり、郊外がどこまでもひろがっていました。ランチアやイタリア鉄鋼、マグネシオといった大企業が移転してきたため、何千ものイタリア人が押し寄せていました。

「どこへ行くつもりだ？　ムッソリーニはチロル人なんて雇わせないよ。行くだけ無駄だ」ローレンツはそう繰り返しました。

「仕事は掃いて捨てるほどある。雇ってもらえないはずがない」

「いや、無理だね」ローレンツは口髭を撫でながら溜め息をつきました。

するとエーリヒは拳で壁を叩き、ファシストたちは俺の生皮を剝ぐつもりかとわめくのでした。

「ヒトラーはすでにオーストリアを併合した。もう少し待てば、必ずや我々のことも解放しに来るだろう」ローレンツは、そう言ってエーリヒをなだめました。

10

ファシズムは大昔から存在していたかのようでした。まるで、役場では最初から村長《ポデスタ》とその鞄持ちたちがふんぞり返り、壁には統帥《ドゥーチェ》の肖像画が飾られ、軍警察が私たちのすることなすことに口を挿み、広場に出向いて公告を聞くよう義務づけているように思われたのです。私たちは、本来の自分でない姿を押しつけられることにも慣れていきました。増す一方の怒りも、日々が飛ぶように過ぎていき、生きていく必要に追われるうち、いつしか弱々しく疲弊したものへと姿を変え、しまいには哀愁に似たものとなり、決して爆発することはありませんでした。そんななかでのもっとも現実的な抵抗は、アドルフ・ヒトラーに望みを託すことでした。そうした抵抗心は、居酒屋のテーブルや、男衆がドイツの新聞を読むために寄り集まる非合法の会合では意気盛んになるのですが、各々が自分の家畜小屋に戻り、一人で牛の乳を搾ったり、水を飲ませに泉まで牛を追い立てたりしているときには、霧のように消えてしまうのでした。

私たちがそんなふうに、抑圧された状態で惰眠をむさぼっているうちに、一九三九年の夏、ヒトラー率いるドイツ軍がやってきて、こう告げました。希望する者は、イタリアを捨てて、ドイツ国《ライヒ》の住民になることができる。彼らはそれを「偉大なる選択」と呼んでいました。

村はたちまちお祭り騒ぎとなりました。人々は道端で歓喜し、子供たちはなにごとかもわからないまま輪になって飛び跳ね、若者たちはすぐにでも出発しそうな勢いで抱き合い、男たちはすれ違いざま、警察官をドイツ語で侮辱しました。彼らは押し黙り、棍棒を握りしめたまま、下を向いていました。ムッソリーニがそうするように命じていたのです。

その日、エーリヒは家に籠もって煙草を吹かすばかりで、私にはなにも言いませんでした。ローレンツがドアをノックし、居酒屋で祝杯をあげないかと誘っても、一緒に行こうとはしませんでした。

ローレンツは夜更けに酔っぱらって戻ってきて、自宅に帰る前にエーリヒと話がしたいと言いました。エーリヒはしばらく前から眠っていました。ナイトガウン姿だった私は、ノックの音を聞き、肩から毛布をかぶってドアを開けました。ローレンツは挨拶もせずに私を押しのけ、壁につかまりながら寝室へ入っていきました。そして、エーリヒのそばに腰掛けると、こう言いました。「私は遅かれ早かれここを去る。どのみち根無し草だからな。だが、君にとってここが大切な場所で、道や山が君の一部となっているなら、恐れることなくここにとどまったらいい」そして、エーリヒを抱きしめたのです。


その年の暮れまで村は大混乱でした。口をひらけば誰もが村を出ていく話をし、総統《フューラー》はいったいどんな土地に自分たちを連れていってくれるのか、村に置いていくものの代償としてなにがもらえるのか、あれこれ期待をふくらませていました。移住先はどんな農場で、ドイツ国《ライヒ》のどの地域なのか、家畜は何頭あてがわれるのか、土地はどれくらいの広さなのか。そんなでたらめを信じるなんて、よほどファシストたちに辟易していたのでしょう。私たちのように村にとどまることを選んだ者は少数派で、裏切り者のスパイ呼ばわりされ、罵られました。子供の頃から顔見知りだった人たちが、急に挨拶もしてくれなくなり、すれ違いざま地面に唾を吐かれることもありました。みんなして連れ立って川に行っていた女衆も、ドイツへ行く選択《オプタンテ》をした者たちと、村にとどまる者たち《レスタンテ》という二つのグループに分かれ、それぞれ別の場所で洗濯をするようになりました。戦争の話をしていると気持ちが駆り立てられるのでしょう。疎外され、抑圧されてきた私たちが、数年後には世界の覇者になれるかもしれないのですから。

私は、マヤに「村を出ていくの?」と尋ねました。

「私は村を出たいと思っているけど、こんな形で去るのは嫌」

「もう、なにが正しいのかわからなくなっちゃった」私は率直な気持ちを打ち明けました。

「バルバラのうちは村を出るって」マヤは目を逸らして言いました。「ドイツへ行くみたい」

彼女の名を聞くのは久しぶりでした。その名を聞いたとたん、私の身体は奇妙な反応をしました。バルバラと私が親友で、湖の畔で一緒にイタリア語を勉強し、草原に座って笑い合っていたのが、もう百年も前のことのような気がしたのです。バルバラは心の奥に秘めた痛みであり、私は誰ともそのことを話しませんでした。自分自身とさえも。

広場の相対する端に、それぞれ長机が設置されました。鐘楼のある側にはナチス、靴修理工房の近くにはイタリア人。そして、やってくる村人たちに紙を配りました。ナチスは言っていました。「用心するんだな。イタリア人は村人をシチリア島やアフリカに送り込み、虫けらのように死なせるつもりだ」一方のイタリア人も黙ってはいません。「ドイツ人は、村人をガリツィア地方（現在のウクライナ南西部を中心とした地域）やズデーテン地方（ボヘミア、モラヴィア、シレジアの外縁部にあたる地域）、あるいはさらに東へと送り込むつもりだ。凍結地帯で戦わされることになるぞ」

うちでは日中でも窓を閉ざすようになっていましたが、その窓めがけて石を投げつける者もいました。当時、家のなかが薄暗かったことと、板戸のあいだから外をのぞいて見ていたことを憶えています。

ある朝、数人の少年がミヒャエルを捕まえ、村にとどまる者《レスタンテ》の子供だからというだけの理由で、袋叩きにしました。庭で倒れていたミヒャエルは、口のなかが血だらけで、服も髪の毛も肥まみれでした。翌日から、私はあなたを学校に行かせるのをやめました。自転車に乗せて工房まで連れていき、一瞬たりとも目を離さなかった。

「ママが勉強を教えてあげるから大丈夫」私はそう言って、あなたを安心させようとしました。けれどもあなたは不満げで、ママは心配性だとか、あたしはみんなに一目置かれているから、教室では誰もあたしに手を出す人なんていない、などと反論しました。そして、工房にいるあいだじゅう何度も尋ねました。

「なんでうちも村を出ていかないの？」

「あなたのお父さんがそう決めたからよ」

「ママ、あたしはこの村を出ていきたい。ここでは学校にも通えないんだもの」

11

その年の暮れには、ドイツに移住するための荷造りを終えた人たちがいました。丸めて荷車に積まれたでこぼこのマットレス、分解された家具、いくつもの黄麻《ジュート》の袋に詰め込まれた食器や家財道具。女衆が衣類を丁寧に畳み、袋いっぱいに詰めると、夕方、男衆がそれを家々から運び出します。最後ぐらいたっぷりとお腹を満たそうと、家を閉める前に、女衆は残っていた食材をすべて調理しました。ラードのなかでじゅわじゅわと揚がるポレンタや、肉やジャガイモの香りが通りに洩れていました。ガラス窓の奥に、テーブルの上のオイルランプの灯りを頼りに夕食を囲み、無言で咀嚼《そしゃく》している家族が見えました。村にとどまる私たちは、戸口から、あるいは畑の前から、発っていく人々の様子を眺め、最後の食事が喉につかえているのがわかりました。それでも彼らは、口々に満足していると言っていました。ヒトラーから農場や土地や家畜をあてがわれ、金持ちになるのだと。たとえ村に残ったとしても、まもなく統帥《ドゥーチェ》がダムを建設し、いずれにしても村を離れなければならなくなるのだからと自分たちに言い聞かせ、慰めていたのです。けれども、まっすぐに結ばれた口や、握りしめられた拳が、こんな形で生まれ故郷を去るのはあまりに酷《むご》いと語っていました。娘たちや子供たちにとってもそうですが、なにより年寄りたちにとって酷いことでした。どの家族も荷車のいちばん座り心地のいい場所を年寄りに譲り、できるだけ眠っているようにと言い聞かせていました。総統《フューラー》の列車が待ち受けるボルツァーノの駅やインスブルックの駅に向かって荷車が去っていくと、クロン村の通りには野辺送りの鐘のような静寂が訪れるのでした。

村の酔いどれ、ゲルハルトは、毎晩、クロン村に百軒あまりある家々をまわっては、新たに村を去った者がいないか確認していました。蛻《もぬけ》の殻になった家を見つけると、指の付け根の関節から血がにじむまでドアを叩き続け、そのまま眠り込んでしまうこともありました。翌朝、居酒屋の主のカールが捜しにきて、ぐでんぐでんに酔いつぶれたゲルハルトを引きずるようにして連れ帰り、酔いを醒ますためにコーヒーを一杯飲ませていました。

ある日の午後、マヤが私に言いました。「自転車に乗って。バルバラのお姉さんにお別れを言いに行くわよ」

マヤと一緒に戸口に立つ私を見たアレクサンドラは、一瞬目をむいたものの、あがるように言い、パンをひと切れずつ切りました。そして、まるで家族の一員に接するように、皿もナプキンも出さずにさりげなく手渡してくれたのです。私たちは三人で一緒にパンを食べました。あまりに静まり返っていたので、クミンの種が歯のあいだでつぶれる音が響くほどでした。お母さんにも挨拶をしたけれど、返事はありませんでした。私はテーブルのそばでくんくん鳴いている犬を撫でてやりました。

「村を出ていくの？」マヤが尋ねました。

「ええ。だけどまだどこへ行くかは決まっていない」

「バルバラからは連絡があった？」私は伏し目がちに尋ねました。

「統帥《ドゥーチェ》に恩赦を願い出たから、もうじき釈放されるはずよ。村には戻らないで、直接ドイツに行くことになってるの」

「紙とペンを貸してくれる？」私は唐突に言いました。

「どうするつもり？」つっけんどんな言葉が返ってきました。

「バルバラに伝えたいことがあるの」

アレクサンドラは訝《いぶか》しそうに私を見たものの、抽斗のなかを掻きまわし、小さなノートを取り出しました。そしてページを一枚、丁寧に破きました。私は立ったまま、テーブルに肘をついて書きはじめました。書いているあいだ、二人の刺すような視線を感じましたが、そんなことは気にしませんでした。

「バルバラに会ったら、これを渡して」私は紙を四つ折りにして頼みました。

アレクサンドラは、テーブルの上に置いておくようにと言いました。

「必ず渡してね」私はそれを彼女の手に握らせ、念を押しました。「とても大事なことなの」

私たちはそのまま互いに顔を見合わせていました。誰も口をひらこうとしませんでした。やがて沈黙に耐えきれなくなり、私はパンの最後のひと口を飲み込んで、その場を後にしました。

そのことを父に話すと、こんな答えが返ってきました。「トリーナ、わしらはここにとどまる。それでいいんだ。食卓に並べるものがあまりなくても構わない。そのうちきっと状況もよくなるさ。いま住んでいる家はわしらのものなんだ。だから、誰になんと言われようと、立ち退く必要はない」

「父《バ》さん、本当にそれでいいの？　村にとどまると決めた人のなかには、家畜小屋に火を放たれた人もいるし、ミヒャエルだって殴られた。マリカも、学校に行かせたらおなじような目に遭わされるに決まってる。この頃、エーリヒに話しかける人もあまりいなくなってしまったわ」

「トリーナ、おまえの言うとおりだ。だが、一時《いっとき》の辛抱だよ。いつかファシズムも終わり、余所者は去り、わしらはふたたび元の生活が送れるようになる」

父と話していると、私の心は落ち着くのでした。まるで流人《るにん》のように家で閉じこもってばかりいるエーリヒも、父と話せばいいのにと思っていました。その日、私が家に帰ると、あの人はいつものように、苛々と床を踏みつけながら行ったり来たりしていました。

「村の向こうに、エンジニアや土木作業員がまた集結しだしたぞ」彼は、お帰りとも言わずにいきなり言いました。「労働者やトラックが夜通し到着している。クロン村の隅々まで測量し、地盤のサンプリングをし、ダムの図面を引いた。まもなく建設にとりかかるつもりらしい。村の連中は誰も気づいていないのか、あるいはもう村を出ていくことにしたから誰も気にしていないのか、俺にはわからんがな」

12

その晩、私はいつもより遅い時間に帰途につきました。外は暗くなり、道の両端に積もった雪が月明かりを反射していました。工房で食堂《トラットリーア》への家具の納品があったのです。数か月前から職人たちが身を粉にして働き、ようやく完成させた品でした。食堂のオーナーが息子たちを引き連れてやってきたので、家具の積み込みを手伝っているうちに、すっかり日が暮れてしまい、私は寒さに縮みあがりながら自転車を漕いでいました。その日の朝は陽射しが暖かかったので、マフラーもショールも持たずに家を出たのでした。帰り道、無事に納品できたことを伝えに父のところへ寄りました。すると、父が荒い息遣いで居眠りをしていたものだから、私は肩を叩いて起こしました。父は老いた歯を見せて笑い、少し前にミヒャエルが来て、一緒にカードゲームをして遊んだのだと言いました。私は急いで家に帰りたかったけれど、その日の納品について、根掘り葉掘り訊かれました。代金はきちんと受け取ったのか、誰が家具を取りに来たのか、テオとグスタフの働きぶりはどうだったか……。そのうち、母がシュペッツレ（卵入りのパスタ）を目の前に出したものだから、身体の芯まで冷えきっていた私は、食べてから帰ることにしました。どのみちエーリヒは、家に帰るなり、その辺にあるもので食事を済ませてしまうので、家族そろって食卓を囲むことは滅多にありませんでしたから。

「マリカはお義姉《ねえ》さんのところにいるの？」母は、編み物の手を休めずに尋ねました。クリスマスが近づいていたので、あなたたちに毎年恒例の新しいセーターを編んでいたのです。

「ええ、預かってもらってる」

「だったら、ゆっくり食べていけばいいじゃない」

たしかに遅い時間ではあったけれど、夜中というわけでもありませんでした。八時半か九時くらいだったでしょうか。外は満天の星で、翌日も晴れそうでした。うっかり者の私は、またマフラーを忘れて家を出てしまい、帰るときになってぶるぶる震えるんだろうなと思いました。すると母が、「おやすみ」と言ってドアを閉める前に、自分のマフラーをさりげなく私の首に巻いてくれたのです。

私はアニタの家まで自転車を飛ばしました。まだ明かりが灯っていました。

「ミヒャエルはエーリヒと一緒よ。マリカはうちで眠っちゃったの」アニタが欠伸《あくび》をしながら言いました。「起こしてみたんだけど、目を覚ましそうにないわ」

家のなかに入れてはくれず、玄関先の、瞬《また》く星の下で話しただけでした。

「夕飯は食べてた？」私は尋ねました。

「ええ、ポレンタのミルク粥《がゆ》。たくさん食べてたわよ」アニタはそう言って、いつもの穏やかな笑みを浮かべました。私にはそんな穏やかさが欠けていました。あなたがアニタの家でポレンタのミルク粥を喜んで食べたと聞いて、私は素直に嬉しかった。うちでよく食卓にのぼる料理を、あなたが蔑《ないがし》ろにしているわけではないと思えたから。

遠くでは、誰かが行ったり来たりしながら家財道具を荷車に積んでいるのが見えました。こうして今晩も、新たに一軒の家が蛻の殻になるのだと思っていました。

家に戻ると、エーリヒとミヒャエルはもう寝ていました。あなたをおいてくるべきではなかった、無理にでも連れて帰っていたら、明日はゆっくり起きて、みんなそろって朝ごはんが食べられたのにと思いながら、私もベッドに入りました。日曜の朝は、エーリヒが家族みんなのためにホットミルクを用意してくれる、一週間のなかでいちばん好きな時間でした。ミヒャエルはいつも食べ物を口いっぱいに頬張りながら、おどけ者を演じていたし、あなたは、ふざけてミヒャエルの器でポレンタを浸していましたね。

「マリカはアニタのところに泊まるのか？」エーリヒが尋ねました。

「そうなのよ。起こしたけど、目を覚まさなかったってアニタが言ってたわ」

エーリヒは私に背を向け、一分もしないうちに、また鼾《いびき》をかきはじめました。あの晩、私が一睡もできなかったのは、あなたがアニタたちの家に泊まっていたからなのか、あるいは選択をした者《オプタンテ》たちに火を放たれ、家畜が殺されるという恐怖に駆られていたせいなのか、わかりません。ともかく私はまんじりともせず、村がだんだんと目覚め、最初の鐘が鳴るのを聞き、山々のあいだから太陽が顔をのぞかせるのを見ていました。ベッドで何度も寝返りを打ちながら、今日は私がミルクを温めようと思っていました。そして、あなたを迎えにいくための口実を考えていました。あなたが自分で家に帰るのを待っていたら、お昼になってしまうだろうと思ったので。あなたはアニタたちのところにいるのが好きでした。二人に可愛がられ、プレゼントもしょっちゅうもらっていましたから。どれも私たち夫婦には手が出せないような物ばかりでした。

朝の光が射しはじめると、エーリヒが目を覚まし、小声で話しかけてきました。「マリカを迎えに行ってくれる？」と私が尋ねると、彼はもう少し寝かせてやったらと答え、朝食の支度にとりかかりました。結局、朝ごはんは三人で食べました。すぐにあなたを迎えに行かなかったのは、ミヒャエルと三人で過ごすなんて滅多にないことだったからです。あの子なりに愛情を欲していたミヒャエルが、両親を独り占めできる時間を楽しんでいるのが伝わってきました。九時になるのを待って、私は服を着替えました。あなたが好きだったあの栗色のスカートを穿き、手早く髪をまとめると、家を出ました。二人はまだ食卓で、ポレンタのお代わりを食べていました。

アニタの家の前に着いた瞬間、すべてを悟りました。軽く合わせられているだけの門扉。閉まってはいたけれど、閂《かんぬき》のかかっていない窓。地面には帽子が裏返しに落ちていて、内側に雪がうっすらと積もっていました。目の前の家は薄暗く、中は完全にがらんどうであることが見てとれました。私には足を踏み入れる勇気がありませんでした。慌てふためいてエーリヒを呼びに戻り、彼に家のなかを確認してもらいました。一緒に来たミヒャエルは、悲痛な声であなたの名前を叫びながら、誰もいない部屋から部屋へとさまよっていました。私は両手の拳を握りしめ、涙を絞り出そうとしたけれど、一滴も出てきませんでした。手がぼろぼろになるまで握り拳で壁を叩き、爪が割れるほど引っ掻きました。しまいには、エーリヒがその場から引き剝がすようにして私を家に連れ帰りました。

近隣の家々から村人が集まってきました。私はミヒャエルの名を繰り返し呼びました。息子まで連れ去られるのではあるまいかと怯え、少しでも姿が見えないと不安になったのです。私は泥だらけになった靴を脱がされ、ベッドに寝かされました。部屋に射し込む仄白《ほのじろ》い明かりが煩わしくて、両手で顔を覆わずにはいられませんでした。ふと気づくと、ベッドの脇で母が、瀕死の病人でも看るかのように座っていました。気をしっかり持つようにと繰り返すエーリヒの声が聞こえました。

そのうちに夕方になり、やがて夜になりました。まだそんなに遠くへは行っていないはずだと言っていた者たちも、しだいに口数が少なくなり、そのうちに戻ってくるだろうと言っていた者たちも、黙り込んでしまいました。十人あまりの村人があなたのことを捜しに行きました。エーリヒは自転車でマッレスまで行き、カーザ・デル・ファッショ（ファシスト党本部）に訴え出ました。すっかり夜が明けた頃にようやく戻ってきたエーリヒは、死人のようにやつれた顔をして、世の中に対する敵意の塊と化していました。

私はベッドに座って空《くう》を見つめていました。喉がからからに渇き、咳を押し殺しながら、どこかで聞いたことのある言葉のように響いてきた彼の説明を聞くまいと、固く目を閉じていました。

「台帳にはドイツ国《ライヒ》への移住を選んだと書かれていた。彼らを乗せた列車はすでに出発したそうだ」

第二部　逃避行

I

あなたがいなくなってどれほど寂しい思いをしたかを語るつもりはありません。あなたを捜し歩いた歳月のことも、戸口に立ってずっと道の彼方を見つめていた日々のことも、私になにも言わずにどこかへ行っていたあなたの父親のことも話しません。ボルツァーノの駅で、あの人はベルリン行きの貨物列車に乗り込もうとしたところを取り押さえられました。イタリア警察は最初、彼を独房に容れましたが、事情がわかると、おまえのマリカは俺たちが必ず見つけて連れ帰るからと約束し、釈放してくれました。それから数日後、あの人は歩いて国境を越えようとしました。正面から強烈なライトを当てられて目がくらんだものの、「止まれ」と命じられても立ち止まりませんでした。次の瞬間、一発の銃弾が彼の足もとをかすめました。その日の午後、鼠色のコートに身を包み、胸に階級章を縫いつけた軍人たちが玄関の戸を叩きました。そして、次はペルジネの精神病院に入院させるぞと脅しながら、あの人を家のなかに押し込んだのです。のちにヒトラーが入院患者を収容所に移送し、ガス室で抹殺することになる、あの病院です。ミヒャエルがあなたの写真――一年前に撮った縁なしの写真で、あなたはめずらしく髪をアップにしている――を持ち歩き、腕白たちと一緒に近隣の村々をまわっては、会う人ごとにその写真を見せてまわっていたことも、あなたには話しません。私たち家族がそれぞれ、ほかの人にはなにも言わずにふらりと家を出て、しばらくして誰もいない家に戻ってきては、いつかみんなして森に呑み込まれてしまうのかもしれないと怯えながら過ごしていた月日のことも。三人とも、あなたをここに、あなたがもううんざりだと思っていたこの場所に連れ戻すのだという、叶うはずのない望みのなかで完全に己を見失っていたのです。

そんなある日、郵便配達人が走ってきて、一通の手紙を差し出しました。封筒には私の名前が書かれているだけで、切手も消印もありません。見憶えのある筆跡は、間違いなくあなたのものでした。

「郵便局のドアの前に置かれていましてね」配達人は目を合わせようとせずに言いました。

「誰が置いたの？」彼の手から手紙をひったくり、私は尋ねました。

「さあ、わかりません」

私は手の震えを抑えようと必死でした。そのときなぜか、昔よく、私宛ての手紙が女友達から届いたものか男から届いたものかを内緒で調べるために、熱したアイロンを当てて封を開けていた母の姿が頭をよぎりました。

大好きなママ。自分の寝室で一人になれたので、ママに手紙を書きます。伯母さんたちと一緒に行きたいと言ったのはあたしなの。正直に話したら、ママもパパも許してくれるわけがないってわかっていたから、こっそり逃げることにしました。ここは都会で、勉強もできるし、いまよりもっといい成績だってとれる。お願いだから、ママもパパもあたしのために悲しまないで。あたしは元気にやってるし、いつかきっとクロン村に戻るから。たとえ戦争が長引いたとしても、心配しないでください。ここは安全な場所です。いつかうちのドアをノックするとき、ママもパパもミヒャエルも、あたしのことをまだ愛してくれていますように。伯母さんたちにはなにひとつ不自由のない暮らしをさせてもらってます。できることなら二人を赦してあげて。そしてどうかあたしのことも赦してください。

マリカより

その日からというもの、痛みの質が変化しました。ミヒャエルは写真を破り捨て、あなたの話は二度としないでくれと言いました。名前も聞きたくないと。エーリヒもあなたを捜すことをやめました。あちこち駆けずりまわることもやめ、国境を越えることもなくなった。外に出て家畜に餌をやろうとさえせず、窓辺でぼんやりと煙草を吹かしているばかり。朝になると窓を開け、夜になると閉めるだけで、その二つの動作のあいだになにかが起こることはありません。私も、鎧戸を合わせて、ドアには鍵をかけたまま、ベッドから出る気力もなく、いつしか涙も涸れました。肌身離さず持ち歩いているあなたからの手紙を一日じゅう読み返しています。あの晩の出来事を思い出しては、悔恨の念に苛まれるのです。なぜあなたの声が聞こえなかったのか、なぜあの人でなしどもの足音が聞こえなかったのか、なぜ荷車に家財道具を積む物音や、出発を待つ馬たちの鼻息、あるいは自動車のエンジンをかける音が聞こえなかったかと、何度も何度も自分を責め続けてます。クロン村の誰一人としてあなたたちが発っていく物音を聞かなかったなんて、そんなことがあり得るでしょうか。あなたは目を覚ましていたのですか？　それとも寝ているあいだに馬車に乗せられた？　あなたは本当に村を出ていきたかった？　それとも無理やり連れて行かれた？　この手紙はあなたが自発的に書いたもの？　それとも無理やり書かされたものですか？

ある日、ドアをノックする音がしたので開けてみると、父が立っていて、煙草の葉を買ってくるようにと言いました。そして黙ったままエーリヒの傍らに座りました。二人はそうやって窓辺でじっとしたまま、しばらく雲を眺めていました。しばらくすると、父はあの人の肩を抱きかかえるようにして家畜小屋まで連れていき、一緒に餌をやりました。牛たちを一頭ずつ撫でさせながら。帰る前に、私のところへ来て、テーブルを整え、夕飯の支度をするようにと言いました。そして肉と丸パン、ワインの入った籠を流しのそばに置いていったのです。

悲しみは、いつしか眩暈《めまい》にも似た感覚となり、身体に染みついていながら決して口にすることのない、秘密めいたものとなっていくのです。三人とも、何年が過ぎようと、手紙に書かれていた言葉の記憶が薄れるたびに、あなたの姿をまた捜し求めるのだけれど、孤独のなかであなたを捜す行為は、私たち自身でさえ残されているとは思っていない希望にすがることを意味するだけなのだと、嫌というほどわかっていました。

いいえ、あなたには、私たちが過ごしたあの闇のなかの日々を知る資格はありません。私たちがいったいどれほどあなたの名前を叫んだかも、自分たちがこれまでしてきたことは間違いだったのだと幾度となく思い知らされてきたことも、知る資格はない。どれも、言葉でたどることなど意味のない話なのですから。その代わり、私たちの暮らしぶりや、どのようにして生き延びてきたかを話すことにします。いまではもう存在しない、ここクロン村で起こったことについて。

2

やがて戦争が勃発し、ドイツへの移住を決めていた人たちの多くも、結局は村に残ることになりました。未知への恐怖や、プロパガンダの嘘、ヒトラーの横暴などが、彼らをクロン村にとどまらせたのです。

一月は日が短く、陽光もくすんでいました。毎日が、だらだらと続く灰色の曙で始まります。

オルトレスの峰は白くなり、山裾では木々の梢が凍てつく風に吹かれていました。村人たちはあまり戦況を気にかけているふうでもなく、ただただうんざりしていました。ファシストにうんざりし、暗闇を模索することにうんざりしていたのです。

私は母と一緒に編み物をしていました。母はなるべく私を一人にしないようにしていたようです。棒針編みを教えてくれ、二人で何時間も肘と肘を突き合わせ、黙りこくって台所の椅子に座り、手を動かしていました。藁の座面を編みなおしてもらうのを忘れたままだったあの椅子に。母は、私があなたの話をすることを嫌がりました。なにも編むものがないときには、私の頭に籠を載せて川へ連れていき、金融業者に頼まれた洗濯物を洗いました。私がぼんやりと宙を眺めていると、もっと力を入れて洗濯物を絞らなくちゃ駄目、よからぬ考えが消えるまでね、と言うのでした。

「神様が私たちの目を前におつけになったのには、それなりの理由があるはずだよ。しっかり前を向いて歩みなさい。でないと、目が両脇にずれて魚みたいになってしまうからね」母は強い口調でそう繰り返していました。

九歳の頃から畑仕事を手伝い、夜には果物の箱に釘を打っていた母にしてみれば、あなたは裕福な家庭を選んだ自分勝手な子としか思えなかったのでしょう。

あなたも共犯だったのだと。

誰もが、一九一五年のときのように事態が運ぶと思っていました。あのときは、クラス地方

（現在のスロベニア西南部からイタリア北東部にかけての台地）でイタリア軍とオーストリア軍とが熾烈な戦いを繰りひろげているあいだも、ここクロン村では、秣《まぐさ》を刈りとって石垣の上に干したり、牛たちを高原放牧へ連れていったり、手桶いっぱいに乳を搾ってバターを作ったり、豚を一頭潰して、何日ものあいだ腸詰《サルシッチャ》めやサラミを食べたりという営みが続いていました。貧しい家の子供たちは国境の向こうまで出稼ぎに行き、牛や羊の番をしては、一足の靴やひと握りの硬貨、何枚かの衣類をもらって帰ってくるのでした。母親たちは、家族が村に戻り、夜まで祭りがひらかれる聖マルティーノの日（十一月十一日。ノヴェッロワインの樽を開け、豊かな食を祝う）までの日数を指折り数え、子供たちの帰りを待ちわびていました。夏がめぐって雪が融けるのを待ち、そしてまた、アルプスを吹き抜ける風が、音もなく、重苦しい雪を運んでくるのを待つ。そのあいだに、戦争で命を落とした者たちを悼《いた》み、声なき涙を流しました。オーストリア軍とともに戦ったというのに、気づいたらイタリア領になっていた。そんな苦汁だって呑んできたのです。それもこれも、これが最後の戦争だと信じていたからこそできたことでした。この世から戦争をなくすための戦いだと信じていたから。そのため、間もなく世界を侵略しそうな勢いのドイツとの衝突がふたたび起こったという報《しら》せを聞いたとき、私たちはたいそう困惑したものの、依然として山々が壁となり、孤立を守ってくれるにちがいないとの幻想を抱いていました。私たちが帰属を強いられたイタリアという国は、最後まで中立を貫くと信じていたのです。むしろ、開戦の報せは最初のうち、ある種の安堵感を村にもたらしました。

「これで、少なくともしばらくはダムの建設計画が立ち消えになる」「連中だってほかにすべきことがたくさんあるに決まってる」「村の家畜も農場もようやく安泰だ」男衆は居酒屋で、女衆は教会の前で、口々にそう言っていました。なかには開戦を祝う者もいました。ゲルハルトは丸底瓶《フィアスコ》を持ってテーブルのあいだをまわり、瓶を高く掲げては、「奴らのところには戦争を、わしらのところには平和を！」と叫んでいました。

ヒトラーの軍隊が前進を続けるいま、村にとどまった者たちは、自分たちの選択こそが正しかったのだと得意満面でした。早々にドイツに移り住んでいった者たちは、いま頃きっと東部の国境付近の最前線で戦っているか、ヨーロッパのどことも知れぬ地で泥に埋もれているにちがいないと想像していたのです。

たしかに、戦争が勃発してからというもの、新たなイタリア人が村にやってくることはなくなりました。軍警察《カラビニエーリ》を乗せた軍用トラックが終始行き交い、軍需物資が大量に往来していることから、私たちが恐れていたことを予見させはしたものの、アタッシェケースを手にした横柄な連中の姿はぱったりと見られなくなりました。

あなたのいない最初のクリスマスは、母と父と一緒に過ごしました。二人はニョッキ（ジャガイモと小麦粉で作った団子状のパスタ）を捏ね、鶏のスープを作ってくれ、みんなで黙りこくって食べました。ひっそりと静まり返った祝祭日の昼食は初めてでした。谷間の村から村へと渡り歩く笛吹きたちが、音楽を奏でながら通りに追い返してしまうのでした。友人や親戚がクリスマスを祝いに来ても、父がすぐに追い返してしまうのでした。一年前のクリスマスには、あなたとミヒャエルが村の子供たちと一緒に道端で踊っていたのとおなじ曲です。母は甲斐甲斐しく料理をし、編み物をし、川まで往復していました。あれほどの活力がどこから湧いていたのか、私にはわかりません。まるであの日を境に、母が年寄りでいることをやめたかのようでした。二人きりのとき、私が急に泣きだすと、母は手を優しく握ってくれました。あなたが家を出ていったあとほど、自分もまた娘なのだと感じたことはありませんでした。

そうしてあの冬も過ぎていきました。春になると太陽が水晶のような輝きを放ち、煙突掃除人たちが家々の雨樋《あまどい》を修理してまわりました。いまや暖炉で火を熾せる家は少数で、村人たちの羨望の的でした。ほかの家々では小枝や林の下生えを燃やして暖をとっていましたが、うちは父の工房からミヒャエルが運んでくる薪を使えたのです。ミヒャエルは結局、学校には通わずに家具職人としての技術を身につけ、十五歳にしては熟練の腕前だと、ほかの職人たちから褒められるまでになっていました。

固く凍りついていた大地がまた緑に色づきはじめたものの、酪農の仕事は困難になる一方でした。せっかく乳を搾っても、一リットルも売れないまま手桶のなかに何日も残っていました。エーリヒが怒りまかせに手桶を蹴り倒し、牛たちの蹄《ひづめ》のあいだの土に飛び散った白い液体が吸い込まれていくのを、私は黙って見ているしかありませんでした。

来る日も来る日も、私は毛糸を巻きとっては床に毛糸玉を積みあげていました。目のうるんだ猫背の老人が取りにくるのです。賃金は雀の涙ほどでしたが、少なくとも暖をとることはできました。その毛糸で、兵隊たちの軍服や装備が作られるということでした。

「イタリアが参戦したら、もっと仕事が増えるだろうよ」オート三輪に毛糸玉を積みながら、老人が言いました。

「それで、イタリアはいつ参戦するの？」まるで彼が決めることででもあるかのように、母が昂奮気味に尋ねました。

老人はゆがんだ顔に苦笑を浮かべ、黴臭《かびくさ》いにおいを道じゅうにまき散らしながらオート三輪で走り去るのでした。

彼の言うことはともかく、あちこちに検問所が設けられ、多くの道が通れなくなり、日ごとに、いや刻一刻と戦争が迫っていることを私たちも肌で感じていました。夕方になると、スズメバチの群れのように集結している戦闘機が峰々の向こうに見え、そのたびに母は、急いで家畜小屋に逃げ込まなくちゃと言っていました。小屋のなかに、藁と毛布を敷いた長持を運び込んでいたのです。

「クロン村はオーストリアとの国境のすぐそばだから、誤って爆弾が落ちるかもしれない」恐怖に駆られた母は、そう繰り返していました。

「おまえ一人で家畜小屋に行けばいいだろう。わしは自分のベッドで死にたいんだ。糞の臭いにまみれて死ぬなんてごめんだね！」父はだんだんとかすれていく声でわめいていました。

ある日のこと、いつもの時間になっても母が現われなかったので、昼前に家まで様子を見にいきました。玄関のドアは開け放たれていて、ストーブのそばには誰もいません。「母さん《マ》」と呼んでみたものの、誰も出てくる気配はなく、返事もありませんでした。そこで、もう一度、もっと大きな声で呼んでみました。壁にかかっている銅の鍋をぼんやりと眺めながら。寝室に入っていくと、母がベッドの上の父の傍らにうずくまり、肩にすがりついて静かに泣いていました。父は私の結婚式のときに着ていた一張羅《いっちょうら》の紺のスーツを着せられ、鬚もきれいに剃られ、髪も梳《と》かしてありました。やがて、母がまるで雀かなにかのように父の頭を両手で包み込み、激しく泣きはじめました。

「眠っているあいだに逝ってしまったよ」

「どうして呼びに来なかったの？」

「夜のあいだに死ぬなんて……」私の言葉は耳に入らないようでした。

「どうして呼びに来てくれなかったの？」私はもう一度尋ねました。

ようやく振り返った母は、私の手をとり、父の手の上に重ねました。その手にはまだかすかな温もりがあるような気がしました。母は、ぴったりと父に身を寄せていました。気がつくと、私まで二人と一緒にベッドの隅に横たわり、母の服のにおいを感じていました。ストーブの灰とおなじにおいがしました。母のすすり泣く声を聞きながら、ときおり勇気を奮い起こして父の手に触れてみるのですが、冷たく固くなっていくばかりでした。

葬儀では、家具職人のテオとグスタフが、エーリヒとペッピと一緒に柩《ひつぎ》を担いでくれました。ミヒャエルはその柩を拵《こしら》えたことが誇らしかったようで、こんなふうに言っていました。「祖父《じい》ちゃんは、このなかで善き人にふさわしい眠りに就くんだね」

3

一九四〇年春のある朝、役場の掲示板に紙が貼り出されました。例のごとくイタリア語で書かれていたため、そばを通る村人たちは顔をしかめるばかりでした。足をとめて読もうとする人もなかにはいましたが、結局、ぶつぶつ文句を言って石を蹴飛ばしながら、秣をいっぱいに積んだ荷車を押して、あるいは牛乳の手桶を両手に抱えて立ち去るしかありませんでした。ただでさえ文字の読める人が少ないクロン村では、憎しみの言語でしかないイタリア語を解する者などほとんどいなかったのです。

エーリヒが速足で家に入ってきたかと思うと、引きずるようにして私を外へ連れ出しました。陽射しに目がくらんだので足取りを緩めたところ、思い切り引っ張られ、転びそうになりました。役場の掲示板の前で、なにが書いてあるのか読んでくれと言われました。彼が聞きたくもないその言葉に声を与えるなんて、私は自分が不甲斐なかったし、それを私に訳させるエーリヒも不甲斐なく思えました。告示は八日間そこに貼り出され、その後、剝がされると書かれていました。当局からの公式な通知であり、住民はそれをしっかり頭に入れるようにと断り書きがされたうえで、イタリア政府によって承認された法令により、ダムの建設工事に着手する許可が下りたと記されていたのです。

エーリヒは表情を強張《こわば》らせ、針の先端のように鋭利な目で私の説明を聞いていました。解しがたい単語が羅列された告示の紙を凝視する彼の横顔を見ながら、私はその場に立ちつくしていました。

「クロン村もレジア村もなくなるということか」煙草の煙を呑み込みながら、彼はつぶやきました。

エーリヒはいったん私のことを家まで送り届けてから、谷のほうに一人で歩いていきました。その後ろ姿は、またしても死人のようにやつれ、世の中に対する怒りだけが感じられました。日が暮れる頃になって家に戻ったエーリヒは、泥まみれの靴を脱ごうともせずに、うつむいて座っていました。水をがぶがぶと飲み干してから、ポレンタのミルク粥を食べました。私は彼の沈黙のなかにどのようにして入り込んだらいいかわからずに当惑し、彼のほうから話しはじめるのを待ちました。このときもまた、彼を慰めようにも、私はその術を持たないのだと自分を歯がゆく思いながら。

「村の連中はみんな、どうせ計画は途中で頓挫するに決まってる、よくある公示のひとつに過ぎない、と楽観してる。居酒屋のカールも、戦争がすぐそこまで迫っているのだから、ダムの建設になんて着手できるわけないと言っていたよ」

「もしかしたら彼の言うとおりかもしれないじゃない」私はそう言いました。

「どいつもこいつも臆病者さ。なにもしないでいるための口実ばかり探しやがる」エーリヒは声を荒らげました。

「なんでそんなふうに言うの？」

「ファシストの連中もモンテカティーニ社も、戦争が間近に迫り、近いうちに村の男たちが戦争に駆り出されることを知ってる。この村は農民ばかりで、誰もイタリア語がわからない。つけ込むにはまたとないチャンスなんだよ」


ほどなく、メラーノへと続く道から、鈍色《にびいろ》の車体に巨大なタイヤのトラックが三台、土埃《つちぼこり》を巻きあげてやってきました。レジア村までの道を朝から晩までひっきりなしに往復しています。余所者たちは、互いにイタリア語を話し、両腕をひろげ、まるで燕でも追うかのように人差し指で遠くを指していました。村の男衆は畑や放牧場で、女衆は戸口の陰から、彼らが自分たちの言語でなにやらひそひそと話し合っている様子をうかがっていました。古くからある小さな村は、全体がまるで一軒の家のようなものだったので、なかには自分の家の抽斗を漁られたかのように動揺する者もいました。私たちは互いに顔を見合わせて勇気をふりしぼり、走って男衆を呼びにいくように子供たちに頼みました。男衆は口笛を吹いて連絡を取り合い、昼過ぎには畑を耕す者は誰もいなくなりました。牛も羊も小屋に戻され、閉じ込められた家畜たちは、押し合いながらかすれた声をあげていました。いちばん最後に現われたエーリヒは、いったいなにをしに来たのかと村の若者がたどたどしいイタリア語で余所者たちに問い質《ただ》すのを、腕組みして聞いていました。そのあいだも、土木作業員たちは泥地の上に石灰でバツ印を描いていきます。私たちのそばを通るとき、彼らは煩わしい抗議の声が聞こえないように耳をふさぐのでした。男衆は険しい目つきで互いに目配せをしていましたが、時間が経つにつれ苛立ちが募り、両手をこすり合わせたり、拳を握りしめたりしていました。家々も、教会も、道も、村のすべてが、私たちにはなにを意味しているのかわからない境界線の内側にありました。その外には山が連なり、絶え間なく吹きつける風のせいでねじ曲がった唐松が生えるばかりだったのです。

それから何日かした夕方のこと、背広にネクタイ姿の男が二人、黒塗りの自動車から降りてきました。一人は痩せ型、もう一人は肥《ふと》っていました。居酒屋に行こうと誘われ、私たちは羊の群れのように二人のあとに従いました。二人が座るなり、村人たちはそのまわりをとり囲み、人垣をつくりました。二人はドイツ語で、その場に集まった全員の分のビールジョッキを注文しました。遠慮がちに口をつける者もいれば、一気に飲み干す者もいました。

「我々は政府に派遣されて、ローマから参りました」二人はドイツ語で話し続けました。「ダムの建設計画を定めた法令が承認されました」

「ゆくゆくは、この渓谷一帯の多くの村々にかかわる総合的なダム施設となるでしょう」

不自然なところがあるものの、正確なドイツ語で少しずつ交互に話しては、ビールをひと口飲み、毛深い手の甲で泡を拭うのでした。エーリヒは、そばにいてくれと小声で私に何度も言い、私は彼の腕をつかんでいました。

「水の深さはどのくらいになる予定なんだ？」村人が質問しました。

「それはまだわかりません」

「わしらの家が水に沈んだら？」別の村人が尋ねます。

「近隣に新たな住宅を建設します」痩せ型の男が答えました。

「いまの家よりも大きくてモダンな家になりますよ」肥った男が言い添えました。薄い口髭を生やしたこの男は、自分の口から出る言葉にさえ無頓着のようでした。

「ですが、いまのところは心配いりません。工事には何年、場合によっては何十年もかかることがありますから」ビールジョッキを見つめながら、男は話を続けました。

それを聞いた村人たちが我も我もと話しだしたものだから、いくつもの声が重なり合いました。上等なウールの背広に身を包んだ二人は、動じる様子もなく、そんな村人たちのいかにも田舎者らしい振る舞いに苦笑を浮かべていました。騒ぎがいくらか静まるのを待って、説明を加えました。「土地を失う人たちには補償金が支払われます」

うちの牛は補償金など食わんと怒鳴りだす者がいるかと思えば、拳でテーブルを叩く者や、土地がなくなったら家畜と一緒に飢え死にすると悪態をつく者もいました。

「補償金は受け取らないと言ったら？」そう尋ねたのはエーリヒでした。

エーリヒの言葉にその場が静まり返りました。二人はゆっくりとジョッキを飲み干し、肩をすくめると、感情を押し殺した顔を私たちに向けました。緊迫した沈黙が流れ、誰かがひとつ言葉を誤れば、激しい口論になりかねない状況でした。二人はもう一度手の甲で口もとを拭うと、ようやく群衆を掻き分けるようにして立ちあがりました。

二人が居酒屋の外に出て、入れ代わりに濡れた土と秣のにおいが店内に飛び込んできたときになって、ようやく誰かが勇気をふりしぼり、エーリヒの質問を繰り返しました。村人たちはその場の空気に固唾《かたず》を呑み、鐘楼が高らかにそびえる村の光景に長い溜め息をつきました。遠くには、まどろむ子供たちを腕に抱き、窓に額をつけて、吐く息でガラスを曇らせながら心配そうに見守る女たちの姿が見えました。

車に乗り込む前に痩せ型の男が答えました。「補償金を受け取らなければ、問題が生じます」「強制収用を可能とする法律がありますので」肥った男が、そう言うなりドアをばたんと閉めました。

車が走り去ったあとは、濡れた土と秣のにおいが軽油のにおいで消されていました。私たちは呟き込みながら、カーブの向こうに車が見えなくなるまで見送っていました。

私とエーリヒは家までの道のりを黙りこくって歩きました。星が滝のように降り注ぎ、月は夜空にぶらさがっているようでした。コオロギがリリリリと一斉に鳴いています。

「いつか、自分たちの尊厳を守るために誰かを殺さなければならなくなる日が来るかもしれん」マッチを投げ捨てながら、エーリヒがつぶやきました。

4

村の広場で、村長《ポデスタ》が開戦宣言を読みあげるという集会が催されましたが、私は行きませんでした。家にとどまり、母と毛糸を巻いていました。それから数週間が経った頃、パン屋――うちやマヤの家のように、最初から村にとどまることにした少数派でした――の息子が、郵便受けに召集葉書を見つけました。それを知った村人たちは、イタリア王国陸軍からの召集葉書を受け取ることを、なによりも恐れるようになりました。女たちは、役所の通達員や、軍警察のバイクやジープを見かけるたびに、ぞんざいにまとめた髪に小麦粉まみれの手のまま、歩哨《ほしょう》のように通りに立つのでした。そうかと思えば、反射的に板戸を閉ざし、慌ててベッドに潜り込む者もいました。エーリヒは、近々自分も召集されるだろうと言っていました。

それを聞いてからというもの、私は谷間を装甲車が通るたびに、恐怖に怯えるようになりました。家の戸口で、軍用トラックの荷台に詰め込まれた兵士たちの顔や、陽射しを受けて輝くヘルメットの下からのぞく角張った顎、肩から斜めに提げた機関銃を固く握りしめる手などを見つめていました。どの顔も陰鬱《いんうつ》で、短く刈り込んだ髪と剃りたての鬚のために、強張った表情をしていました。彼らが髪もぼさぼさで無精鬚を生やし、戦争のことなど考えずに娘たちを追いかけまわしているようなごく普通の若者だったとき、どんな顔をしていたのだろうかと思わずにはいられませんでした。

エーリヒは終始無言のまま煙突のように煙草を吸い続け、浅い息を吐いていました。前線に送られる自分のことよりも、残していく家族が気がかりだったのでしょう。

「もし俺が召集されたら、ミヒャエルを頼んだぞ」毎晩、眠りに就く前にそう繰り返していました。「ほかのことはなにも考えなくていいから」

彼の言う「ほかのこと」とは、あなたのことでした。

その数か月は、いくつもの不安に駆られながらも怠惰に過ぎていきました。誰もが、いつまで続くかわからない待ち時間のなかに幽閉され、気力を奪われつつ、家のなかでひっそりと暮らしていたのです。私は父が恋しくて仕方ありませんでした。人の好《よ》さそうな笑顔や、異なった視点から物事を捉えるように導いてくれる能力が恋しかった。エーリヒはそういうタイプではありませんでした。あの人にとっては、すべてが取っ組み合いの闘いであり、敗北が宿命づけられているときにでも身を投じられる者だけが勇者なのでした。

そのあいだにもミヒャエルは声変わりをし、肩幅も広くなり、大人になっていきました。そして私たちに対して、奇妙な警戒心を示すようになったのです。仕事から帰るなり、服を着替え、クロン村の子たちではない、見知らぬ若者たちとうろついているようでした。あれはナチスの若者たちで、機会さえあればすぐにでも入隊する気なのだろうとエーリヒは言っていました。連中は普通の兵士よりも残忍で、容赦がないと。

「ナチスがあなたにどんな悪いことをしたというの？　統帥《ドゥーチェ》の黒シャツ隊のほうがいいとでも言うわけ？」私は反論しました。

するとエーリヒは両手でこめかみを押さえながら、頭《かぶり》を振るのでした。「いいか、トリーナ。連中はいつかすべての人を苦しめることになる」

私は、ミヒャエルが出掛けていくたびに声をかけました。「せめて行先だけでも教えてちょうだい」

「外だよ」彼は横柄な口調で答え、それ以上尋ねる気力をくじくような目つきで睨むのでした。

一九四〇年の秋に村に届いた公報には、イタリアとドイツの枢軸国軍が勝利を重ねているものの、連合国軍を打ち破るまでの道のりはまだ長いと書かれていました。召集兵の姓と名前が書かれた葉書を家まで渡しに来たファシストの将校たちは、女が受け取ると、期日までに出頭しなければ逃亡兵として銃殺刑に処すぞと念を押して帰っていくのでした。村で見かける兵士たちは、もはや若者の面影もなければ角張った顎もしておらず、恐ろしい目つきで睨むので、目を伏せるしかありませんでした。戦争が彼らを変えたのです。

彼らがうちにやってきたのは、十月のある日のことでした。澄み切った空に遠くから飛行機の轟音《ごうおん》が響き、まるで嵐を告げているかのようでした。二人連れで、私に質問をしながらも、奥の部屋からなにか物音がしないか耳を澄ませていました。

「エーリヒ・ハウザーはいるかね？」

「おりません」私は答えました。

「マッレスの司令部に出頭するように伝えなさい」

戦地に赴く前の晩、エーリヒは愛を交わしたがりましたが、行為に集中できないらしく、どこか性急なものでした。そのあとも、あの人は暗い部屋で煙草を吹かしながら起きていました。

「ミヒャエルから目を離すな」そう何度も念を押しました。

エーリヒは最初カドーレ地方に送られ、そこからアルバニアへ、さらにはギリシャへと派遣されました。軟弱なファシストたちは、ドイツの援軍なしではハンカチ一枚ほどの土地すらも征服できなかったのです。容易に勝てる戦線だと言っていたくせに、現実には、大勢の兵士が戦場で命を落とし、あるいは負傷して帰還を余儀なくされました。

ときおり、私のもとにエーリヒから手紙が届きました。ですが、検閲で手紙のほぼ全文が消されていて、一枚の便箋の最後の一行しか読めないということもありました。

「俺の代わりにミヒャエルを抱きしめてやってくれ。君のエーリヒ・ハウザーより」

私は母に頼んで、しばらくうちに一緒にいてもらうことにしました。母は私にも履けるようにとエーリヒの作業靴に中敷きを入れてくれ、毎朝、私の首に長いマフラーを巻いてくれました。ほどくと足まで届くほど長いマフラーでした。私は雌牛たちと、残っていた数頭の羊を小屋から出し、群れを放牧に連れていきました。渓谷には相変わらず青々とした草原がひろがり、そのあたりを歩いていると、戦争が起こっていて、エーリヒが軍隊にとられたなんて、とても現実とは思えませんでした。放牧地で群れを連れているのは、たいてい家に残された老人たちでした。母とおなじくらいの歳の老人たちが、息子たちは戦地に赴き、女や孫たちを守る者がいなくなったものだから、ふたたび力を振り絞らなければならなくなったのです。

岩の上に座ってパンとチーズをかじりながら、私はなんだか自分がエーリヒになり、思考回路まであの人と似通ってきたような気がするのでした。空を見つめているうちに、はるか昔から放牧をしていたような錯覚に陥ることもありました。振り返るとクロン村が小高い場所に小さく見え、私のなかでエーリヒと同様の感情があふれだすのでした。この土地は私のものだ、誰も私をここから追い出すことなどできやしない、手をこまぬいて見ているわけにはいかない。すると、ファシストは卑劣だという憤りがしだいに強くなるのでした。私たちを戦争に巻き込み、バルバラを連れ去り、村をダムの底に沈めようとするなんて。ナチスも卑劣でした。村人を分断して敵対させたうえ、大砲に詰める肉弾にするためだけに男たちを欲しがったのですから。

あたりが暗くなりはじめると、私はグラウと一緒に群れを追いながら、もと来た道をのぼっていきました。グラウはかつてのようなふさふさの毛並みではなくなり、駆けまわることも少なくなっていました。私は村の手前の川の近くでしばらく立ち止まり、ダム工事の現場で準備をしている作業員たちを遠くから眺めていました。開戦以来、彼らの手は止まるどころか、日没後にも仕事を続けるようになっていたのです。巨大な投光器が地面を照らし、火事かと見まがうほどの光を放っていた。数百人規模の建設作業員が集められ、モンテカティーニ社の建てたプレハブ小屋で寝泊まりしていました。私たち住民とはいっさい接触せず、モグラのように働いていました。ヒューム管やモルタルの袋、スコップなどの建築資材が運び込まれ、怪獣のようなショベルカーやブルドーザー、トラックなどがひっきりなしに往き来していました。もはや谷間に響くのは、カウベルのチリンチリンという音でも、風にそよぐ草の葉の音でもありませんでした。トラックとキャタピラ式トラクターの騒音が静寂を打ち破っていたのです。

クロン村では誰もダムの話をしなくなりました。川は自転車で三十分ほどの距離でしたが、そこまで自転車を漕ぐ者はいなかったのです。村の農夫や牛飼いたちにとって、建設作業員など存在しないも同然でした。年寄りたちは、村の向こうに労働者がいるなんて嘘だと公然と言ってのけるのでした。

「口の前で人差し指を立てる者たちは、日ごとに恐怖が迫りくるのを傍観してるのさ」エーリヒが口を酸っぱくして言っていたとおりでした。

エーリヒが出征してからというもの、私は流浪《るろう》の民のような気分でした。家畜小屋と汗の臭いにまみれ、手は胼胝《たこ》だらけ。立ち居振る舞いまでぞんざいになり、鏡で自分の姿を見ることもなくなりました。いつもおなじほつれたセーターを着て、鼻までマフラーで覆い、髪はひとつに束ねて小枝で留めていました。

土曜には夫からの手紙を持った村の女たちが訪ねてきます。私はテーブルの前に座ってそれを読んであげました。といっても、大半が検閲で消されていて、読むところはそう多くなかったのです。ですが彼女たちは強引で、私の手から手紙をひったくり、光に透かせば消された跡が読めると言い張りました。私は早く帰ってもらいたくて、文面をでっちあげることもありました。元気で毎日ちゃんと食べている、戦闘に駆り出されることもあまりない。あるいは、いまどこにいるのかよくわからないが、まともな食事が配られている、間もなく帰還できるだろう、といった具合に。最後には甘ったるい愛の言葉をつけ加えることにしていました。すると妻たちは浮かれた気分で帰っていくのでした。クラウディアという名の奥さんは、目を真ん丸にして驚き、「うちの人、前線に行ったらすっかりロマンチックになっちまったよ」と当惑していました。私は、御礼にと差し出された小銭を受け取って母にそっくり渡していました。徳を積むことには興味がなかったのです。

ようやくみんなが帰り、ふたたび家が空になると、私は窓という窓を開け放して淀んだ空気を入れ替えました。そして椅子に座って部屋を眺めていました。あなたに宛てて手紙を書くことはやめました。なにかを書きたくなったら、あなたの父親に宛てて書きました。そうすることで、あなたの記憶が消せるような気がしたのです。

5

弟のペッピは出征を免れました。召集葉書が届いてからというもの、何日も甘草《リコリス》しか食べなかったのです。徴兵検査に行く頃には尿が緑になり、四十度の高熱を出していました。もう少し続けていたら、中毒を起こして命を落としていたでしょう。結局、ペッピはソンドリオの近くの小さな軍需工場で左官として働くことになりました。軍の司令部に送るためのプレハブを製造する工場です。ある雨の日、ペッピが郵便バスに乗って私たちに会いに来ました。碧《あお》い目の小柄な娘さんを連れて。とても上品な娘さんで、母とおなじ、イレーネという名前でした。弟は開口一番、結婚することにしたと言いました。私は耳を疑いました。弟は世の中を放浪することにしか興味がないと思っていたので。

出席者はわずか十人だけという結婚式でした。その日、母は私に、きれいに着飾ってちょうだいね、と念を押し、自分が結婚したときに身につけていた真珠のネックレスを貸してくれました。食堂《トラットリーア》で私は母の隣に座り、イレーネの家族が話す耳慣れない方言を通訳してあげました。全部はわかりませんでしたが。出された料理は残さずに食べたものの、ただ胃を満たしただけでした。私は、まるで野生人になったかのように、無性に孤独を求めていました。家畜たちのことしか頭になく、早くうちに帰りたいと思っていたのです。ホールに飾られていたゼラニウムの花が、マヤの顔やバルバラとのキスを思い出させ、私の哀愁を掻きたてました。自分たちの結婚式の日、エーリヒが蝶ネクタイをきつく締めすぎていて、私は早く外してあげたいと思っていたことを思い出していました。そして、あなたのことも。私が結婚したとき、あなたはまだ私自身も自覚していなかった望みでしかありませんでした。

披露宴の終わりに、ペッピは、イレーネと結婚できて嬉しい、彼女と出会っていなかったらどれほどひどい人生を送っていたかわからないと言いました。考えてみれば、私とペッピは、なぜか姉弟《きょうだい》らしく振る舞うこともあまりないまま、いつの間にか大人になっていました。いつも互いを想い合ってはいたものの、形のないものでした。ペッピは、子供の頃、日曜はたいてい家族そろって過ごしたことや、おどけたことをしても母《マ》さんがちっとも笑ってくれないから、脇腹をくすぐっていたことをよく思い出すと話してくれました。ソンドリオでのいまの暮らしが気に入っているから、クロン村が恋しいとはあまり思わないとも言いました。「左官の仕事が好きなんだ。父《パ》さんもきっと喜んでくれてると思う」

「父《パ》さんは昔からあなたのことが自慢だったわ。あなたは父《パ》さんのお気に入りだったもの」

「それにしても、気難しい人だったよな」

「そんなことないわよ。とろけるバターみたいに優しかったじゃない」私は反論しました。

「姉さんに対しては優しかったかもしれないけど、僕にはいつも青銅のように厳しい人だった。バターなんてとんでもない」弟はそう言うと、一人でけらけら笑っていました。

その翌日、私はペッピを連れて父のお墓へ花を手向けに行きました。道々、エーリヒはもうすぐ無事に帰ってくるにちがいないと、私を元気づけてくれました。ヒトラーがいてくれるからみんな安心だ、イタリア軍の兵士だって心配ない、と言って。

「僕は臆病者だから、甘草《リコリス》を食べてわざと身体を壊したけれど、ヒトラーのことは信頼してる」

弟は父の墓碑を見つめながら言いました。

「もしも軍隊に入っていたら、あなたもシレジア地方かどこかに送られていたでしょうね。一九三九年にドイツ国《ライヒ》に移り住んだ人たちとおなじように」

「僕は、この戦争がいい結果をもたらすと信じてる」私の言うことにはあまり関心を示さずに、ペッピは言いました。

「父さん《パ》はそんなふうには少しも考えていなかったわ」私は墓碑を指差しながら言いました。

ペッピとイレーネ、そしてその家族が郵便バスに乗って帰っていくと、私は家畜小屋に戻り、牛の乳を搾りはじめました。けれども乳房が張っていて、手が痛くなるばかりで少しも搾れません。様子を見に来た母が、このまま放置すれば牛たちは乳房炎を起こし、痛くて地面に横たわり、夜中に苦しげな鳴き声で私たちを起こすにちがいないと言いました。そこで私は一生懸命に乳房を揉んでやりました。しばらくすると、手のひらの感覚さえなくなりました。母が私の肩を叩き、「しっかりなさい。うじうじ悩んでいては駄目よ」と、励ましてくれました。母にとっては、うじうじ悩むことこそが最大の敵なのでした。


水曜日には毎週、マヤが会いにきてくれました。オルトレスの山肌に影が這いあがらないうちに私は山を下り、汗を洗い流すと、洗いたての服に着替えました。マヤが私に会いに来るのを母も心待ちにし、作った生クリームをミルクの上にのせてくれるのでした。

「明日には、ナイフでないと切れないくらい固くなってしまうんだから、残さず食べてってちょうだいね」

私とマヤは自転車で川まで行きました。建設現場を監視していると、エーリヒの存在を身近に感じることができました。ブルドーザーが地表のものすべてを剝ぎとり、唐松や樅《もみ》の木を根こそぎ倒し、巨大な水路を掘っていくのです。採石場の石や土砂を積んだトラックが、ヴァッレルンガとのあいだを行ったり来たりし、堀の内側に積みあげていました。しだいにダムの全体像が見えてきました。サン・ヴァレンティーノ村に巨大な堰《せき》を築いて貯水湖を作り、グロレンツァとカステルベッロの発電所に水を供給していたのです。私とマヤは言葉を失い、顔を見合わせました。土木作業員たちが働き蟻のように忙しなく動きまわり、地面に印をつけ、ブルドーザーが土埃を巻きあげながら、そのうえを通過するのを眺めていました。私たちがなにを質問しようと、警備の警察官は眉を吊りあげるだけで返事もしません。

ある晴れた日曜、私とマヤは朝から出掛けて、グロレンツァ村まで行ってみました。すると、そこでも工事が進められていて、何台もの重機や何百人もの労働者が黙々とおなじ作業をしていました。まるで渓谷全体が人質にとられているようでした。私たちはそれを黙って見過していたのです。

帰り道、私はマヤと話しました。あそこで働いている労働者たちは、以前は貧困に喘いでいたにちがいなく、ヴェネト州やアブルッツォ州やカラブリア州からここにたどり着く前に、飢えで死んでいった人も大勢いるにちがいない。ダム建設に従事することは、あの人たちにとっては幸運を意味するのかもしれない、と。何か月、いや、何年ものあいだ仕事が保証されるだけでなく、戦場に行かなくて済むのだから。するとマヤは考え込むような表情で、薄い唇の両端をゆがめました。

「誰に対して怒りをぶつけたらいいのかわからなくなるわね」吐き捨てるようにそう言って。

ふたたび冬がめぐり、自転車で道を走れなくなるまで、私たちは工事現場に通いました。やがて雪が積もると、カーブのたびにタイヤがスリップするようになりました。それで結局、雪の玉の投げ合いになり、服のなかに雪が入ると笑い声をあげました。雪の玉をひとつ投げるごとに、「戦争なんてクソくらえ！」「ファシストなんてクソくらえ！」「ダムなんてクソくらえ！」と叫びながら、指がかじかみ、腕が痛くなるまで続けました。

私は出不精でしたが、マヤは冬でも外に出掛けたがりました。彼女は氷の張った湖の上を歩くのが好きでした。母は私に考える隙も与えず、まるで家畜小屋から鼠を追い払うように、私を外に出すのでした。

「ほら、出掛けてらっしゃい。床掃除をしなきゃならないんだから、あんたたちがここにいたら邪魔なの」

私は、母を喜ばせるためにいったんは外に出るものの、すぐにマヤに頼み込んで、彼女の家にあがらせてもらいました。凍った湖なんて見たくもなかった。ひと目見るだけで、夜、あなたと氷の上を歩く夢を見るに決まっていましたから。とても美しい夢でしたが、もう一度あの夢を見るのは恐ろしかった。あなたと二人で手をつないで氷の張った湖を渡っていたら、割れ目に足をとられて、湖の底へと落ちていく。けれども息が苦しくなるわけではなく、温かな水に包まれ、体重を感じずに泳いでいる。そうして私たちは、また昔のように、互いに相手にとっての全世界となるのです。

マヤの家では、音を立てて燃えるストーブの前に座っていました。マヤが火に小枝を投げ込むうちに、しだいに身体が温もり、指の先まで血がめぐるのを感じました。火かき棒で薪を動かすと、燃えあがった炎が壁を照らし、彼女の乱れた髪を輝かせます。マヤにならばあなたの話ができました。あなたがどんな子で、どんな性格をしていたか、まだ十歳だというのに、どれほど聡《さと》い返事のできる子だったかを話して聞かせていたのです。

「でも、もう道で偶然すれ違ってもわからないかもしれない。あの子はすっかり大人の女性になっていて、子供の頃のことなんて憶えてないかも」私は、妙な羞恥心を抱きながら、そんなふうに話していました。

マヤは黙って聞いていました。首を少し傾げて溜め息をつきながら。彼女の沈黙に耐えきれなくなって、あなたからの手紙を見せたところ、そんな手紙はつらいだけだから、思い切って捨ててしまいなさいと言われました。私の過ちを叱ってほしいと頼むと、人生なんて偶然の寄せ集めなのだから、過ちを嘆いても仕方ないという答えが返ってきました。そして、すっと立ちあがって私の顔を撫で、カネデルリ（固くなったパンに牛乳を加えて団子状にした料理）を捏ねるのを手伝ってとか、一緒にリンゴのコンポートを作ろうなどと言うのでした。

ところがある日のこと、マヤがいきなり私の話をさえぎり、もう繰り言はうんざりだ、あなたの話なんて聞きたくないと言い放ちました。

「苦悩というのはね、どん底まで落ちる必要があるの。あなたが味わっているよりももっと底までね」マヤは声を絞り出すようにして言いました。「こんな命、野良犬にでもくれてやりたいと思うまで落ちて初めて、心の平穏を見出せるんだと思う。子供を産むということは、どんな大きな苦悩をも覚悟することでしょ。子供は親とは別の人格だと、私が説明してあげないとわからないわけ？　少なくともあなたは二人の子供の親になった。だけど私は、いたずらに時ばかりが過ぎていく。年を取ったって、私に会いにきてくれる人なんて誰もいなくて、きっと独りで呆《ほう》けたようにストーブの炎を見つめてるんだわ」

目の前で怒りに身体を震わせて泣いているマヤを見ながら、私は家に逃げ帰りたいと思いました。私が立ちあがると、マヤはドアの前に壁のように立ちふさがり、項垂《うなだ》れたままで言いました。

「トリーナ、ごめんなさい。こんなこと言うつもりじゃなかった。だけど、もう娘さんの話はしないで。私には、あなたを慰めることはできない」

6

一九四二年に入ると手紙がぱたりと届かなくなりました。私はときおり、エーリヒがあなたと一緒に帰ってくる夢を見ました。スイスへと続く道の向こうから手をつないで歩いてくるのです。

まるで、ずっとそんなふうに暮らしていたかのようでした。牛たちを連れて放牧へ行き、畑を耕し、毛糸を紡ぐ。それ以外のことはすべてミヒャエルに任せていました。家にお金を入れているのは彼でしたし、威張りたい年頃でもありましたから。とはいえ、ミヒャエルだって実際のところは、朝から晩まで工房に籠もり、肺のなかまで木屑だらけにして働く哀れな若者にすぎませんでした。私は、彼が総統《フューラー》の写真を財布に入れて持ち歩いているのを知っていました。

月に一度、夫や息子が前線に行っている女たちの寄り合いがありました。母を喜ばせるために、私も上着を羽織って出掛けていくのですが、足取りは熊のように重いものでした。いろいろな人の家で持ちまわりでひらかれるその寄り合いでは、祈りを捧げるぐらいで、ほかになにをするというわけでもなく、みんなが代わる代わる私の目の前に差し出す、たいしたことの書かれていない手紙を何度も声に出して読まされるのが常だったからです。会合が終わる頃には私は疲れてしまい、一刻も早く家に帰り、静かに家畜小屋の掃除をし、牛の乳を搾りたくてたまりませんでした。そのうちに、エーリヒはもう死んだものと思ったほうがいいような気がしてきました。そうすれば、帰ってきたときの喜びが増します。たとえあなたと一緒でなかったとしても。

そのうちに、毛糸玉を取りにきていた老人が、息子を寄越すようになりました。背の高く痩せた若者で、セーターの上からでも肩甲骨が飛び出しているのがわかりました。甘い眼差しをしていて、私のことをいつも名前で呼んでいました。年は私よりも若く、その顔にはまだ若者らしい猥雑《わいざつ》さが感じられました。

何度も通うにつれ、うちにあがり込んでは、話すこともないくせに会話を長引かせたがるようになりました。あるとき、母がなにか温かい飲み物でも振る舞おうとお湯を沸かしに台所へ行った隙に、私の膝に手をおき、真剣な面持ちで、「あなたの面倒をみさせてほしい」と言ったのでした。私は思わず彼の顔を見返し、その甘い眼差しを凝視しました。

「私の面倒をみるって、どういう意味？」

「毛糸の代金を弾むよ。いまの二倍か三倍、いや四倍だって払う」

私は思わず声をあげて笑いだし、毛糸玉の代金を四倍に弾んでくれること自体は大歓迎だし、今日から早速そうしてくれても構わないと言いました。すると彼は気分を害した様子で、悲しげな目をしました。口を開けたまま私を見つめる姿が滑稽だったので、私は謝るべきなのか、そのまま笑い続けるべきなのかわかりませんでした。彼は、いきなり私の椅子に身を寄せてきて、ふたたび私の膝に手を伸ばし、女性と面と向かうとなにを話したらいいかわからないのだと言いました。

「飼い葉を下ろすのを手伝ってやろうか?」母がカップを下げに立った隙に、彼が尋ねました。

飼い葉を下ろしてそれぞれの餌箱に配るのは重労働だったので、私は「うん」と答えました。

飼い葉小屋に入るなり、彼は戸の閂《かんぬき》を閉めました。そして積まれた藁のそばで私の肩をつかみ、顔じゅうにキスをしたのです。まだほんの若者だったし、痩せっぽちだったので、痛い目に遭わされることはないだろうと思い、私は抵抗しませんでした。彼の口は甘い味がし、エーリヒとは異なる息遣いと肉体を感じたとき、私は自分の肉体がそのまま身を任せたいと強烈に欲しているのを知覚しました。彼は私のことを飼い葉の上に横たわらせ、首すじにキスをし、皹《あかぎれ》のできた手で私の胸を揉みました。それから素早く私の上に身体を重ねてきて、行為のあいだじゅう、愛している、面倒をみさせてほしいとささやくのでした。私は彼の口をふさぎました。ただ彼の肉体の温もりや、その若く屈託のない情熱のほとばしり、髪に絡みつき、セーターの上から私をつつく飼い葉を感じていたかったのです。そのときに着ていたセーターには、それから何日ものあいだ彼の体臭がこびりついていました。

「もう二度とこんなことはしないで」すべてが済むと、私は言いました。

「旦那が戦争から戻らなかったら?」

「夫は帰ってくる」私は戸を開けて彼を追い出しながら答えました。

二度と彼を家に入れないために、私は玄関先に立ち、いつになく険しい表情で表の通りを睨みながら、毛糸玉の回収を待つようになりました。オート三輪が到着すると、彼に、降りなくていいから、そのままそこで待つようにと合図をしました。隣に乗っていた老人は、私が大量の毛糸玉を布に包んで肩に担ぎあげ、重そうに運んでいるのを見ると、にやにやしながら息子の脇腹を小突いていました。そのいやらしい笑いに、私は毛糸を口のなかに詰め込んでやりたいほどの怒りを覚えました。息子は苦悩にゆがんだ表情で私を見ていましたが、二、三週間もすると、さっさと毛糸玉をオート三輪に積み込み、私とはいっさい目を合わせず、ぞんざいに代金だけ手渡すようになりました。母も、男は誰も家に入れないほうがいい、戦時下でよからぬことを企んでいるかもしれないから、と言いました。

「家を女だけにしておいて、なにかことが起こったら文句を言うんだよ」母は編み物をしながらぶつぶつと繰り返していました。「女がひっかかるのを禿鷹《はげたか》みたいに待ちかまえてるんだ。残りの人生ずっと、娼婦のように扱えるからね」

母のその言葉に、私は身が凍りました。飼い葉小屋での出来事を知っていて、わざとそんなふうに言ったのか、それとも本当に心配してそう言っているのか、わからなかったからです。

その頃、うちにはときどき鍛冶屋の奥さんのアンナが訪ねてきました。すらりと背が高く、腰がくびれていて、顎の尖った女性でした。ふだんは編み物を教わりに来るのですが、ある朝、十歳にもならない男の子の手を引いて現われました。

「うちの末っ子なんだけどね」彼女は戸口でそう言いました。「先生になにか言われても、ドイツ語でしか答えないものだから、物差しで叩かれて手が傷だらけなんだ」そして、その子の、まるで盗んだお金でも隠しているかのようにぎゅっと握りしめている赤く腫れた手を、無理やりこじ開けて見せたのです。

「この子にイタリア語を少し教えてやってくれないかい。物差しで叩かれずに済む程度で構わないから。さもないと、うちの人がなにかしでかすんじゃないかと気が気じゃなくてね」

「ただでというわけにはいかないけれど……」と私は答えました。

彼女はうなずきました。「お金は払えないけど、サラミや卵でよければ持ってくるから」

戸口に現われた母が砂糖パンを持たせてやると、男の子はさっそくかぶりついていました。

「大丈夫、あるもので構わないさ」横から割り込んだ母がさっさと話を決めてしまい、家の中に母子を招き入れました。

私は母の顔を唖然として見つめました。母は、大人になった私に対しても、子供の時分と変わらない、高飛車で一方的な態度で接するのでした。いつだって後方からぬっと現われて、私を窮地から救い出す。助けたいからというよりも、あんたはそんなふうにぐずぐず悩んでいられるようなご身分ではないのよ、とでも思っていたのでしょう。

「優柔不断でいたいなら、農夫となんて結婚すべきじゃなかったんだよ！」ときおり、そんなふうに言って私をからかうのでした。

私は、イタリア語を教えるのはあまり気が進まなかったものの、勉強する気などさっぱりなく、すぐに気が散り、まるで靴のなかに火でもついたかのように足をばたつかせるその少年と何時間か机を挟んで向き合うことで、自分が誰かの役に立っていると実感できました。

その子に詩を暗唱させようとしていたある日、憎しみの対象として出会っていなければ、イタリア語は美しい言語なのかもしれないと思いました。イタリア語を読んでいると、まるで歌っているようでした。あの傲慢なファシストの連中と自動的に結びつけてしまうことさえなかったら、私はバルバラの蓄音機から流れていた歌を口ずさみ続けていたでしょう。「ここに戻ってきてくれるなら、キスしてあげる。だけど戦争に行くというなら、キスはお預けね」

それはマヤにとってもおそらくおなじだったろうし、ほかの村人たちにとってもそうだったにちがいありません。この渓谷地帯全体が、誰もが互いに腹を探り合うヨーロッパの不安定な場所ではなく、複数の言語で自分の意思を表現できる人たちが交わる場となり得たはずなのです。それなのに、イタリア語とドイツ語のあいだには、高くなる一方の分断の壁がそびえるばかりでした。言語が人種を分かつ符号となり、独裁者たちはそれを武器に変え、宣戦布告の手段としたのです。

7

家の前に軍のジープが停まり、二人の軍人に付き添われて、あの人が車から降りてきました。片方の脚にギプスをし、松葉杖で身体を支えながら歩いています。何歩か進んだところで、軍人たちが両脇から彼の身体を抱えあげ、玄関口に立たせました。エーリヒは早口に、身体の自由が利かなくなったわけではなく、片脚を負傷しただけだから、傷が癒えたらすぐに前線に戻る、と私に告げました。軍人二人はうなずいていました。

ジープがUターンして帰っていくと、エーリヒはあなたのことを尋ねましたが、私が首を横に振るのを見てとると、すぐに話題を変えました。「トリーナ、また前線に戻るというのは嘘だ。俺はもう二度と戦うつもりはない。もしもふたたび召集されるようなことがあったら、山に逃げようと思っている」そして、危なっかしい足取りで立ちあがり、家の様子を見てまわろうとしました。顔はやつれ果て、額には切り傷のように深い皺が刻まれていました。私は彼のことを見つめ、以前よりも薄くなり、白いものの目立つようになったブロンドの髪のあいだに手を入れました。ただし、彼の仕草は少しも変わっていませんでした。テーブルを叩く落ち着きのない指、チーズを数口で平らげてしまう若者のような食欲。母はさっそく料理の支度を始め、なにも言わずに鶏を一羽、買いにいきました。帰ってきたとき、エーリヒは椅子に腰掛けたまま、胸に顎をうずめて居眠りをしていました。誰から報せを聞いたのか、ミヒャエルが息せき切って飛び込んできました。眠っているエーリヒを立ったままで見つめていましたが、口もとはほころび、軽く頭を揺らしていました。その姿は、さながらミヒャエルが父親で、エーリヒが息子のようでした。ミヒャエルは金盥《かなだらい》で身体を洗い、鏡の前で髪を梳かしてから、いつも祝祭のときに着る黒っぽい色のセーターに着替えました。私も身体を洗い、ぞんざいにまとめていた髪から小枝を外し、丁寧に梳かしなおしました。母は白い木綿のテーブルクロスをひろげて、食器を並べました。私たちは、近隣の家々から帰還兵に会わせてほしいとやってくる村人たちを、「明日にしてください。明日に！」と言って、入り口に立ちはだかり、追い返しました。

エーリヒは食事のあいだ片手で頭を支え、身体を傾けていました。ワインを注いでくれと私に何度もせがみながら。そんなふうに飲みたがる彼を私は初めて見ました。矢継ぎ早に質問をするミヒャエルに、エーリヒは、頼むからゆっくり食事をさせてくれ、戦争の話をすると胃が縮まる、とうんざりしたように答えていました。嚙みながら、ときおり苦しそうに顔をしかめるので、脚の痛みを和らげるためにワインを飲んでいるのだとわかりました。

食事のあと家畜小屋に行ったエーリヒは、動物たちの状態がよくない、一頭の雌牛は目の病気にかかっているし、羊たちは栄養失調気味だと言いました。

「トリーナ、俺はもう戦争はこりごりだ」雌牛の頭を撫でてやりながら、エーリヒはまたつぶやきました。「二度とごめんだ」

ベッドに入ると、銃弾を摘出したという脚の傷を見せてくれました。私たちは夜が更けるまで話し続けました。まるで初めて会ったときのように、話が尽きることはなかったのです。その晩は、あなたのことを考えずにいられました。

痛みが治まると、エーリヒはなによりもまず、歩いてダムの建設現場まで行くと言いだしました。

「正気なの？　その足であそこまで行くつもり？」

「今日のところは君が牛たちをみてくれ。明日から俺が代わるから」私にそう言うと、片足を引きずりながら遠ざかっていきました。振り子のように揺れる後ろ姿を見送りながら、私は心が痛みました。後から自転車で追いかけたミヒャエルによると、あの人は地面に掘られた穴にトラックが土砂を吐き出しているのを、両手でフェンスの針金をぎゅっと握り、あんぐりと口を開けて見ていたそうです。骨のあいだから血管が浮かびあがり、皮膚に青い筋が入っていました。ミヒャエルはエーリヒの傍らに立ち、土木作業員や、猛然と動きまわるブルドーザー、ジープのボンネットによりかかって煙草を吹かしている警察官たちを眺めていました。

「父さん、行くよ。もう帰ろう」

ミヒャエルが、両腕のあいだに父親を挟み込むようにして自転車を漕ぐあいだ、エーリヒは山の中腹を覆う樅の木々を眺め、空のにおいを嗅いでいました。

「また召集されたら、山奥に逃げることにした」居酒屋に着くと、エーリヒはミヒャエルに打ち明けました。

「父さん、僕だってイタリア人と一緒に戦うのはごめんだ」

「俺はイタリアの側だろうが、ドイツの側だろうが戦わない。もう戦争はこりごりだ」エーリヒは一語一語区切りながら、怒りを込めて言いました。

「僕は、総統《フューラー》のためなら喜んで戦うね」ミヒャエルは言いました。

「ドイツは残忍な人種差別政策を進めている」

「総統《フューラー》のすることには、それなりの理由があるはずだ」

「皆殺しにどんな理由があるというんだ?」エーリヒは喰ってかかりました。「なぜこんな戦争が何年も続く? 俺たちがなにをしたっていうんだ?」

「ヒトラーの下で、よりよい世界が築かれるんだよ、父さん」

「ガチョウみたいに尻を振って歩く、下僕どもの世界か?」

「ナチスはダムを造ったりしない。それが父さんの望みなんじゃないのか?」ミヒャエルは少しも動じずに言い返しました。

するとエーリヒが怒鳴りました。「村を水没させなければ、なんでもしていいってわけじゃない!」その声があまりに大きかったので、居酒屋で飲んでいた村の老人たちが一斉に振り返りました。よろめきながら立ちあがるエーリヒを、ミヒャエルが引き留めようとしました。ところがエーリヒはその腕を振りはらい、逆にセーターの襟首をつかんでミヒャエルを引き寄せると、吐き捨てるように言いました。「おまえはなにもわかっとらん。しがないごろつきめ! ヒトラーのところへでもなんでも行くがいい。この愚か者！」

それから何日ものあいだ、二人は口を利きませんでした。夜、私の前では表面的な穏やかさを装っているのですが、そのせいで、私には余計に二人が憎たらしく思えるのでした。テーブルの上に夕食を並べると、私は二人のあいだに座り、無言でスープを飲みながら、子育ての苦労が報われる日は来るのだろうかと自問せずにはいられませんでした。

ミヒャエルが出掛けて帰らない夜には、エーリヒに怒りをぶつけることもありました。あの子にあまり厳しくあたらないでほしい、なんだかんだ言っても、一日じゅう身を粉にして働き、稼いだお金は瞬きひとつせずに家に入れてくれているのだから、と。

「ヒトラーを支持していようといまいと、ミヒャエルはいい子よ。あなたはあの子に厳しすぎる」私はそう言って、イタリアの軍人に付き添われてエーリヒが帰還した日、ミヒャエルはいつまでも寝ている顔を見つめていたことを伝えました。「あの子はあなたを慕っている。それで十分だと思わない？」私は語気を強めました。

けれども私の言葉は逆効果で、エーリヒはますます怒鳴り散らすのでした。息子がナチスだなんて、そんな情けないことはない、たとえナチスの実態を誰もわかっておらず、ミヒャエルみたいな若者が大勢いるとしても、状況は一ミリたりとも変わらない、ナチズムは最大の恥辱であり、遅かれ早かれ世界がそれに気づくことになる。それが彼の持論でした。

空の向こうから聞こえてくる戦闘機の音が途絶えることはありませんでしたが、エーリヒがそばにいると、ふたたび戦争が非現実のように思えてくるのでした。というよりも、戦争のことを考えている時間がなくなったのです。そして、誰かが戦死したという電報が村に届くたびに、やはり現実だったのだと思い知らされるのでした。近隣の家から慟哭《どうこく》が洩れ、喪服を着た村人たちが戸口に列をなすのですが、とりわけ命を落としたのが若者の場合、慰めの言葉も見つかりませんでした。そんな日には教会の鐘が長いこと鳴り渡りました。

戦争から帰ってからというもの、エーリヒは日曜には欠かさずミサに行くようになりました。

エーリヒはほどなく酪農家としての暮らしを再開し、牛や羊たちが健康を取り戻せるよう、熱心に働きました。好きなだけ草が食めるように新しい牧草地に連れて行き、昼過ぎには戻ってきて、家畜小屋に入れます。小屋は以前のようなぎゅうぎゅう詰めではなくなりました。全頭を育ててあげる経済的な余裕がなく、数頭を解体してもらったからです。食肉が不足していたこともあり、高く売れました。エーリヒは、年を取った雌牛をもう二、三頭売れば、若い雌牛たちに種を付けさせ、仔牛を育てることもできると考えていました。

一日の仕事が終わると、エーリヒは口の端に煙草をくわえて外に出ていきました。ときには口笛を吹いてグラウを呼び、玄関先で私に言いました。「君も一緒においで」

「支度をするからちょっと待ってて」私がそう言うと、いつもおなじ言葉が返ってくるのでした。

「そのままでいいじゃないか」

するとたいてい口喧嘩が始まります。私は流浪の民のような身なりで出掛けたくなかったのです。夫が戦争から帰ってきたいま、形振《なりふ》り構わず出掛けるのは嫌でした。私は急いで支度をするのですが、チェック柄のワンピースに着替え、髪を梳かして玄関へ行くと、あの人はすでに出掛けたあとでした。私は呆然と立ち尽くし、鏡の中の自分の姿を見つめながら、老けたものだと痛感するのでした。

道端で村人と出会うたびに、エーリヒは言っていました。「なんとかして工事を妨害しないと、村を沈められてしまう」

けれども老人たちは、抗議活動をするには年を取りすぎていると言い、前線に行かずに村にいるわずかばかりの男たちは、大丈夫、なにも起こりっこない、間もなくヒトラーがチロル地方を占領し、誰もダムのことなど口にしなくなる、と言うのでした。なかには、「いいかげんに口をつぐめ。でないと黒シャツ隊に寝込みを襲われ、踏みつぶされるぞ」とエーリヒを脅す者もいました。

そこで彼は、女衆を説得しようとしました。ですが彼女たちも、夫や息子が世界のどこかの戦地へ行ってしまい、生きているか、機関銃の弾に当たって死んでしまったかもわからないんだよ、と首を横に振るばかりでした。川の向こうにできるダムのことなど考える余裕がなかったのです。村にいれば見えないのですから。

「そんなこと、神様がお許しになるわけない」

「クロン村は司教様のお膝下《ひざもと》だからね」

「聖アンナ様があたしたちをお守りくださるよ」

指一本動かしたくない人たちにしてみれば、神こそが頼みの綱なのね、と私がつぶやくと、エーリヒは、黙ってろと言うのでした。

8

東ヨーロッパや、ロシア南部のドン川流域で、大勢の兵士が命を落としました。おなじ日に何通もの電報が届けられ、将校が靴の爪先に目を落とし、帽子の鍔《つば》に手を当てて、遺された女たちに電報を渡しては、ふたたびオートバイにまたがって走り去るのでした。司祭は死者を悼む鐘を夜まで鳴らしていました。居酒屋からは人の姿が消え、エーリヒは、遺体が戻ることはないだろう、共同墓碑を建立するよう、村長《ポデスタ》に願い出なければと言っていました。

ドイツの軍人が頻繁に村を訪れるようになり、近いうちに南チロルはドイツ国《ライヒ》の一地方となるだろうと言っていました。拍手喝采で出迎える者もいれば、大まわりして通る者もいました。

居酒屋のカールが、どこからかラジオを手に入れてきました。男衆がラジオを聴きに店に集まってはくるものの、飲み物をさっぱり注文しなくなったので、ラジオなんてそのうちハンマーで叩きつぶしてやるとカールは嘆いていました。エーリヒもよく居酒屋にラジオを聴きに行っては、統帥《ドゥーチェ》が戦況優位の宣言を頻繁に行なうようになったのは、戦いがうまくいっていない証拠だと私に教えてくれました。

「父さん、もうすぐヒトラーが僕らを解放しにくるよ」ある晩、ミヒャエルが言いました。

エーリヒは皿を脇にのけると、ミヒャエルの顔をじっと見据えて釘を刺しました。「いいか、ドイツ軍に志願したら、この家の敷居は二度と跨がせないからな」


休戦協定が締結されたというニュースが届くと、村人たちは街頭に繰り出して歓喜しました。女たちは、窓から顔を出してハンカチを振ったり、戸口に立って手を振ったりして、総統《フューラー》の軍隊の到着を出迎えました。見ず知らずの男たちを、私たちは解放者として迎え入れたのです。村はドイツ国《ライヒ》の南端の一地域となりました。プレアルプスの作戦地帯というわけです。それでもなおファシストによる支配が続くという者もいれば、ファシストなんてもはやなんの力もないと言う者もいました。それから数週間もしないうちに、村に派遣されていたイタリア人の職員たちは無傷で追い出され、地元の人たちを雇うための公募が告示されました。あらゆる公共機関においてイタリア語の使用が禁じられ、なんらかの学歴がある者か、もしくはムッソリーニによって職を解かれた者は、元の職場に戻すので申し出るようにという報せがありました。

村にナチスがやってきてからというもの、エーリヒは家から一歩も出なくなりました。背中の後ろで手を組んで部屋の中を歩きまわるばかりで、「これから私たちはどうするの？」と尋ねても、なんの返事もありません。ダムの建設工事が中断されたようだとミヒャエルが伝えても――総統《フューラー》が関心を持っていたのは、鉄道の敷設でした――、エーリヒは押し黙ったままでした。

ドイツ軍が一帯の支配権を完全に掌握し、ムッソリーニには――捕らわれたか否かは不明でしたが――もはやなんの力もないことが明らかになったとき、あるいはメラーノの司令部から次々に到着する命令や文書によって、近いうちに村人たちの再召集が始まるだろうと明確に告げられたとき、ようやく私たちはエーリヒがなにを恐れていたのか理解したのでした。ナチスが次々と人々を収容し、殺戮していくのを前線で目《ま》の当たりにしてきた彼は、かつて「偉大なる選択」を与えられた際にクロン村にとどまると決め、ドイツへの移住を拒否したことを、罪に問われるとわかっていたのです。ドイツ軍はまず、一九三九年にドイツへの帰属を拒んだ者たちに狙いを定めるでしょう。最初から、ヒトラーを信じようとしなかった者たちです。ミヒャエルも言っていました。「僕たちは自ら軍に志願しなければならない。罪を償う必要があるんだ」

ある晩、ミヒャエルはエーリヒを呼び、穏やかな口調で言いました。「父さん、よく聞いてほしい。ヒトラーはこの村の歴史を知っている。僕らがどんな思いをさせられてきたのかもね。だから、確かに僕らは召集されるけど、遠い前線に送られることはない。この近辺の配属になるか、さもなければ事務的な仕事を任されるだけだ。ヨーロッパの戦闘地域に送られるのは、自主的に志願しない人たちだよ」そう言うと、エーリヒに歩み寄ろうとしました。

「なぜおまえがそんなことを知ってるんだ？」エーリヒは蔑《さげず》むように言いました。

「昨日、入隊の手続きをしてきた」

エーリヒは顔をあげてミヒャエルを睨みつけ、ミヒャエルはその視線に耐えていました。

「父さんのためでもあるんだ」

寝つけなかった晩のこと、エーリヒが戦地にいたときのことを初めて話してくれました。

「何日ものあいだ、休みなく進軍を続けたんだ。しだいにアルバニアの山々が見えてきた。それほど高くなく、木々も茂っていないが、とにかく険しくて、クレバスがたくさんあったよ。何日ものあいだ夜通しラバ道を登り、あとどれくらい歩くのか尋ねることさえ許されなかった。敵と出くわすたびに撃った。何人殺したのかも見当がつかない。ほかの兵士たちより多かったわけではないが、地獄に堕ちるには十分な数だろうよ。要するに、俺が生きて還ったこと自体、間違いなんだ。軍では、俺たちチロル人はいつも不当な扱いを受けていた。汚れた靴を洗わされるし、誰も俺たちのことを本名で呼ぼうとはしないのさ。

しばらくすると、ギリシャに配属になった。そこで偶然、ロヴェレート出身の友達と一緒になったんだ。彼はギリシャに到着して間もなくジフテリアにかかってね、見回りが来るたび、蒼ざめた彼の顔色をごまかすために、俺は自分の指の腹に針の先端を刺して血を出し、彼の顔に薄く塗ってやったんだ。そうやって数日間は長らえたものの、ある晩、彼と一緒に煙草を吸うようにという指示があったかと思うと、俺の目の前でいきなり殺しやがった。しかも、その二分後には俺に無理やり戦闘糧食を食べさせたんだ」

私は、抱えた両膝の上に顎をのせて、窓から射す月の光を息もできずに見つめていました。

「ドイツ軍は、イタリア軍に輪をかけて野蛮だ。敵を強制的に収容し、拷問にかける」私がエーリヒのほうを振り向くと、彼は改めて宣言したのです。「トリーナ、もしまた召集されるようなら、俺は山奥に逃げる」

「だったら私も一緒に行く」


それから数日後、軍服姿のミヒャエルが現われました。抱擁してやると、軍服を着たことでようやく一人前の男になれたとでもいうように、誇らしげな笑みを浮かべました。

「すぐにドイツ国防軍《ヴェーアマハト》の中尉か司令官になってみせる。そしたら母さん、給料もたっぷりもらえるし、軍服に星章だってつくんだよ」ミヒャエルは嬉しそうでした。私は彼の目を見ずにうなずき、コートの襟を直してやりました。するとミヒャエルは、「母さんまで僕のしていることが不満なの？」と、顎を突き出すのでした。

「気にしないで。私はいつだって不満だらけなんだから」

「この軍服、いいだろ？」

「ええ、とても素敵よ」

ミヒャエルは、ポー平原での索敵の任務を与えられたのだと言いました。北イタリアの各地に潜むパルチザンを掃討する任務です。

私は戸口でミヒャエルの肩に手をおき、話を切り出しました。「あなたにひとつお願いがあるのだけれど、言う通りにするって約束してちょうだい」

ミヒャエルは困惑した面持ちで私を見返し、うんとは言いませんでした。おなじことを三度繰り返したところでやっとうなずき、話を続けるようにと身振りでうながしました。

「私たちは逃げることにした。力を貸してほしいの」

ミヒャエルの顔面が蒼白になり、握りしめた拳が震えていました。

「誰にも言わないで」

なんの返事もありません。

「誰にも言わないって約束して」

ミヒャエルは約束すると言いました。

「あなたにとって総統《フューラー》のほうが大切なのなら、密告しても構わない。そしたらきっと私たちは銃殺刑になるわね。お祖母《ばあ》ちゃんに当たったっていいし、力ずくでお父さんをねじふせても構わない」私は、挑むような口調で続けました。

「僕にそう言えって父さんに頼まれたのか？」

「いいえ、あの人はなにも言わないわ」

ミヒャエルの目つきが険しくなり、顔が火照《ほて》っていました。敵でも見るような目で私を睨んでいた。でも、あのときの私は、息子に嫌われても構わなかった。エーリヒを庇《かば》い、一緒に逃げ延びることで頭がいっぱいだったのです。

「どこなら安全か知らせに来るよ」ふだんのミヒャエルとは違う声でそれだけ言い、キスもせずに踵《きびす》を返しました。灰色のコートに身を包んだまま、母の寝室に行って別れのキスをし、私の前を素通りすると、荒々しくドアを閉めて出ていきました。その勢いで、食器棚の上に灯してあった蠟燭がふっと消えました。

私はすぐに背嚢《はいのう》を二つ引っ張り出し、エーリヒの厚手の服や、生成《きな》りの羊毛のセーター、石鹼、靴、靴下、毛布などを詰め込みました。わずかに残ったスペースには、ポレンタパンや、塩漬け肉の瓶詰、乾パン、クラッカーなどを入れ、私の背嚢には水筒を、エーリヒの背嚢にはワインの丸底瓶《フィアスコ》を入れるつもりでした。もはやなんの迷いもなく準備をしていました。あたかも、ほかに選択肢がないことに突然気づいたかのように。そして長持のなかにその背嚢を押し込み、古いぼろ布を上からかぶせて隠しました。

それから母の部屋に行き、肩を揺すると、その傍らに座りました。

「大丈夫かい？」母が尋ねました。

「ええ、私は大丈夫」

「ミヒャエルはすぐに戻ってくる」

「母《マ》さん、聞いてちょうだい。私とエーリヒは山奥に逃げることにしたの。一緒に来たいというなら連れていくけれど、ペッピのところに行ったほうがいいと思う」

「旦那が入隊すれば、あんたは晴れて教職に就けるんだよ」

「私はナチスの学校で教えることには興味がないし、どのみちエーリヒは入隊しないわ」

「兵役を拒否した者の妻は殺されるよ」

「ここにいたら、母《マ》さんまで危ない。だからペッピのところへ行ってちょうだい」

母は、頼むから部屋を出てっておくれ、と言いました。そして夜になってから私を呼び、顔を背けたままで告げました。「わかったよ。ペッピのところで世話になる」

私は金盥の水を温めました。エーリヒが戻ってくると、身体を洗う手伝いをしてから、テーブルに夕食を並べました。なるべく彼と目を合わせないようにしていました。母は自分の部屋から出たがらなかったので、コンソメスープを一杯、持っていきました。

「荷物をまとめておいたから。長持のなかに隠してある」

エーリヒは皿から顔をあげ、うなずきました。

「ミヒャエルはもう出発したのか？」

私がそうだと答えると、エーリヒは不愉快な顔をして、食べたくなさそうに嚙んでいました。そのとき、私はあとにも先にも感じたことのない欲求に駆られました。いま持っているものすべてを捨ててしまいたくなったのです。物だけでなく、飼っている動物も、考え方も。とにかく、背嚢のバックルを締めて出発したい、ここから立ち去りたいと思ったのです。

私はペッピに一筆認《したた》め、なるべく早く母《マ》さんを迎えにきてほしいとお願いしました。ミヒャエルにはもう会うこともないかもしれないと思い、思い悩むのはやめにしました。戦争のことも考えませんでした。私たちを匿《かくま》ってくれるか、さもなければ屍《しかばね》を埋めることになる山のことも。あなたのことを考えるのもやめました。この四年間というもの、私は毎晩、古いノートにあなた宛ての手紙を綴ってきました。私はそれを一気に読み返してから、暖炉にくべました。真っ赤な火が灰に筋状の模様を描いていました。ぱちぱちと音を立てながら炎がページのあいだにゆっくり

新刊案内

2024

1月に出る本

Ⓢ 新潮社

https://www.shinchosha.co.jp

一夜 隠蔽捜査10

竜崎伸也とミステリ作家が、タッグを組んで捜査に挑む！
国民的作家の誘拐劇に隠された真相とは——。大人気シリーズ最新刊！

今野 敏
300263-5
1月17日発売
●1925円

成瀬は信じた道をいく

唯一無二の主人公、再び。そして、まさかの事件発生⁉
10万部突破の前作に続き、読み応え、ますますパワーアップの全5篇！

宮島未奈
354952-9
1月24日発売
●1760円

暗殺

朝の駅で射殺現場を目撃した女子学生。その事件を追うシンママの刑事。
二人の追及はやがて政界の罪と闇を暴き出す。渾身の傑作長篇。

赤川次郎
338140-2
1月31日発売
●1815円

第170回 芥川賞候補作

東京都同情塔

九段理江

●著者名左の数字は、書名コードとチェック・デジットです。ISBNの出版社コードは978-4-10です。

新潮社　住所／〒162-8711 東京都新宿区矢来町71　電話／03・3266・5111

新潮社
ホームページ

発売

ドラマ化決定！（NHK BSプレミアム4K）

広重ぶるう

【新田次郎文学賞受賞】

梶よう子

武家の出自ながらも絵師を志し、北斎と張り合い、やがて日本を代表する〈名所絵師〉となった広重の、涙と人情と意地の人生。

120955-5 ●935円

アンソーシャル ディスタンス

【谷崎潤一郎賞受賞】

金原ひとみ

整形、不倫、アルコール、激辛料理……。絶望の果てに摑んだ「希望」に縋り、疾走する女性たちの人生を描く、鮮烈な短編集。

131335-1 ●781円

川端賞受賞作「マジックミラー」併録

オーバーヒート

千葉雅也

104162-9

沈没船博士、海の底で歴史の謎を追う

山舩晃太郎

世界を股にかけての大冒険！ 新進気鋭の水中考古学者による、笑いと感動の発掘エッセイ。丸山ゴンザレスさんとの対談も特別収録。

104931-1 ●649円

名前で呼ばれたこともなかったから

―奈良少年刑務所詩集―

寮美千子編

「詩」が彼らの心の扉を開いた時、出てきたのは宝石のような言葉だった。少年刑務所の受刑者が綴った奇跡の詩集、待望の第二弾！

135242-8 ●649円

「ダメ女」たちの

く傑作恋愛小説。芥川賞候補作

新潮文庫 1月29

※表示価格は消費税（10％）を含む定価です。
ISBNの出版社コードは978-4-10です。

『主婦病』著者の文庫最新刊！
母親病
森 美樹
母が急死した。有毒植物が体内から検出されたという。戸惑う娘・珠美子は、実家で若い男と出くわし……。母娘の愛憎を描く連作集。
121193-0 ●693円

夢に迷ってタクシーを呼んだ
燃え殻
いつか僕たちは必ずこの世界からいなくなる。日常を生きる心もとなさに、そっと寄り添ったエッセイ集。「巣ごもり読書日記」収録。
100353-5 ●649円

近親殺人
―家族が家族を殺すとき―
石井光太
人はなぜ最も大切なはずの家族を殺すのか。事件が起こる家庭とそうでない家庭とでは何が違うのか。7つの事件が炙り出す家族の真実。
132541-5 ●693円

フランス革命の女たち
―激動の時代を生きた11人の物語―
池田理代子
「ベルサイユのばら」著者が豊富な絵画と共に語り尽くす、マンガでは描けなかったフランス革命の女たちの激しい人生と真実の物語。
104871-0 ●825円

キャスリーン・フリン
村井理子［訳］
冷蔵庫の中身を変えれば、人生が変わる！ 買いすぎず、たくさん作り、捨てないしあわせが見つかる傑作料理ドキュメント。
240421-8 ●880円

屍衣にポケットはない
ホレス・マッコイ
田口俊樹［訳］
ただ真実のみを追い求める記者魂――。『彼らは廃馬を撃つ』の伝説の作家が、疾駆する人間像を活写した隠れた名作がここに甦る！
240441-6 ●825円
海外名作 発掘 HIDDEN MASTERPIECES

友喰い
―鬼食役人のあやかし退治帖―
大塚已愛
富士のふもとで治安を守る山廻役人。真の任務は、山に棲むあやかしを退治すること！ 人喰いと生贄の役人バディが暗躍する伝奇エンタメ。
180279-4 ●737円
新潮文庫 NEX

もふもふ
―犬猫まみれの短編集―
カツセマサヒコ 山内マリコ
恩田 陸 早見和真 結城光流
三川みり 二宮敦人 朱野帰子
犬と猫、どっちが好き？ どっちも好き！ 笑いあり、ホラーあり、涙あり、ミステリーあり。犬派も猫派も大満足な8つのアンソロジー。
180280-0 ●693円
新潮文庫 NEX

新潮新書 1/17発売

メンタル脳
アンデシュ・ハンセン
マッツ・ヴェンブラード 久山葉子［訳］
「史上最悪のメンタル」と言われる現代人必読。脳科学による処方箋を解説した〈心の取説〉。
611024-5 ●1100円

最強の恐竜
田中康平
最強は？ 最大は？ 俊足は？ 賢いのは？ 最新研究をふまえて、若手学者が各種ナンバーワン恐竜を決定！
611027-6

日本一の農業県はどこか
農業の通信簿
山口亮子
「コスパ最強の農業県」は意外な伏兵――。さまざまな指標から読み解く各県農業の真の実力。
611026-9 ●946円

テレビ局再編
根岸豊明
今から二十数年後、キー局は3つに統合される――。元経営幹部が明かすテレビ界の未来図。
611025-2 ●880円

完全版 創価学会
カリスマなき

正しい未来を追求する。日本人の

宗教団体はどうなるか。歴史・組織・

島田裕巳
611028-3

大楽必易　わたくしの伊福部昭伝

1954年、『ゴジラ』のテーマは日本の映画音楽に革命を起こした！アジアと西欧を超克した作曲家の生涯を貴重な直話で辿る評伝。

339
1月31日発
●2970円

■新潮クレスト・ブックス

この村にとどまる

美しい湖の底に、忘れてはいけない村の記憶がある。独伊とファシズムに翻弄された村を描く、イタリア・ストレーガ賞最終候補作。

マルコ・バルツァーノ
関口英子［訳］
590192-9
1月31日発売
●2365円

落雷はすべてキス

読む人の世界の美しさのきっかけになりたい――。祈りと予感に満ちた44編の小宇宙。言葉にならない思いが未知の扉を開く最新詩集。

最果タヒ
353812-7
1月31日発売
●1430円

劇的再建　「非合理」な決断が会社を救う

埋もれている「自社の宝」を探し出せ！　周囲も驚く起死回生を果たした5人の社長が舞台裏を語り尽くす、血沸き肉躍るビジネス戦記。

山野千枝
355421-9
1月17日発売
●1980円

異常殺人　科学捜査官が追い詰めたシリアルキラーたち

撲殺、顔面銃撃、隠された遺体、18年もの少女監禁。「黄金州の殺人鬼」を含め数々の未解決事件を追う、執念の「未解決事件」捜査録！

ポール・ホールズ
ロビン・ギャビー・フィッシャー
濱野大道［訳］
507391-6
1月17日発売
●2860円

■新潮選書

西行　歌と旅と人生

出家の背景、秀歌の創作秘話、漂泊の旅の意味、桜への熱愛、定家や芭蕉への影響……西行研究の泰斗が、偉才の知られざる素顔に迫る。

寺澤行忠
603905-8
1月25日発売
●1760円

キリスト教美術をたのしむ　旧約聖書篇

金沢百枝
355

と入り込み、しだいに勢いを増していきます。それは、これまでに覚えたこともないほどの解放感でした。

9

それからほどなくしたある朝、役所の人たちがやってきて、なぜ教職に戻ろうとしないのか、ナチスの学校になにか不満でもあるのかと尋ねました。

「決してそんなことはありません」と、私は答えました。

その人たちがようやく帰ったと思ったら、家の前に一台の車が停まりました。将校が二人降りてきて、エーリヒ・ハウザーはどこかと尋ねました。開け放してあったドアからは陽光が差し込んでいました。一人が私のガウンを胸もとからふくらはぎまで舐めるように見ていました。

「あとで司令部に出頭させます。いまは牛たちの放牧へ行っていますので」

「なぜ志願兵として入隊しなかったんだ」

「私が頼んだのです。病弱なものですから、息子が入隊したこともあり、夫には家にいてもらいたいと思いました。夫はすでに二年間、前線で戦い、ギリシャで負傷して帰ってきたばかりですので」

二人は名簿を調べ、息子が実際に入隊しているか確認しました。志願兵のなかにミヒャエルの名前を見つけると、いくらか物腰が柔らかくなりました。

エーリヒは帰ってくるなり、家畜小屋へ仔牛を潰しに行きました。戦地から持ち帰ったピストルで撃ったのです。それから皮を剝ぎ、血を抜きました。雌牛たちは耳をつんざかんばかりの鳴き声をあげて地面を蹴り、その日はずっと恐怖に怯えていました。エーリヒが持ってきた肉を、私は薄切りにし、保存瓶に詰めていきました。一枚肉を入れるごとに塩を一振りし、全部詰め終える頃には、塩も底をつきました。三頭の雌牛は、エーリヒの仲間のフロリアンのところで、羊はルートヴィヒという名の別の農夫のところで、それぞれ口実をつくって預かってもらうことにしました。すぐに本当の理由を知られることになるでしょうが。夕方になってエーリヒが戻ってくると、私はバターで肉を炒めました。その脂をポレンタにかけて二人で食べたのです。満腹で吐きそうになるまで食べました。外では夜空からぶらさがるように無数の星が輝き、それを見ていると、いま起こっていることはすべて夢なのだという思いに囚《とら》われるのでした。兵役を逃れるために山奥に籠もることも、母が、ソンドリオに住むペッピの許へ行ってしまったのも、ミヒャエルがナチスを支持していることも、すべてが夢のように思えました。

「私たちのことでミヒャエルがひどい目に遭わされるんじゃないかしら」私は言いました。

「いや、むしろあいつがナチスに告発して、俺たちを捜索させるんじゃないのか？」

「お願いだから、あの子を悪く言わないで。そんなことするわけないでしょう」

「だとしたら連中も、多少尋問する程度だろう」

食事が済むと、私はテーブルを片づけました。流しで食器を洗い、食器棚や家具を拭き、最後に床も拭きました。

「そんなことする必要はない。この家はどうせ滅茶苦茶に荒らされる。火を放たれるかもしれない。きれいにするだけ無駄だよ」

「それでも、きちんと掃除しておきたいの」

エーリヒは肩をすくめると、背嚢に残りの荷物を入れ、藁袋を二つ準備しました。野宿するときに使うのです。私は部屋を一つ一つまわり、すべて整頓されていることを確認しました。いつかまたこの家に戻ってくるのだという確信が欲しかったのです。母も帰ってきて、腋の下に棒針を抱えて、編み物に精を出す日々がふたたび訪れるのだと思いたかった。ペッピも奥さんのイレーネを連れて村に戻り、ナチスに召集された村の若者たちも帰還し、ミヒャエルとエーリヒは和解する。そしてあなたも帰ってくる。戦争は終わり、ようやくあなたをクロン村に戻してくれるのです。

家を出たのは夜更けでした。私は最後にもう一度、台所と食堂を見渡しました。布巾は丁寧に畳んで重ねておきました。洗ったコップからはまだ雫《しずく》が垂れていて、解体した肉のにおいが漂っていました。

オルトレス山の上に三日月が細く輝いていました。グラウの鎖を解いてやると、グラウは前足の上にのせていた頭をあげ、皺だらけの目で私をじっと見つめました。私は鼻面と尻尾を撫でてやりました。

「グラウ、すぐにまた会える」エーリヒが耳を撫でてやりながら言いました。

それから私の手をとり、出発しました。最後に彼と手をつないだのがいつだったのか記憶にないほど、久しぶりでした。私は身体がしなやかで軽くなったように思えました。

唐松の森を目指して歩きだしました。森に入ると途端に闇が濃くなり、身を切るような寒さです。エーリヒが懐中電灯をつけ、立ち止まって私の顔を照らしました。口から吐き出される息が霧のように白くなっていました。

「怖いか？」エーリヒが尋ねました。

「いいえ」

私は、森の真ん中で彼に口づけをしたくなりました。

「暗いうちに登れるところまで登って、スイスの手前まで行こう。途中に洞窟や飼い葉小屋があるし、もっと上まで行けば山小屋だってある。国境線付近を見張るドイツ兵よりも高いところまで登り、スイス警察に出くわす前に身を潜めるんだ」

勾配がきつくなるにしたがって、私たちは無口になりました。周囲の物音に耳を澄ます必要があったのです。エーリヒは手にピストルを握り、肩からは猟銃を提げていました。枝がかさかさと音を立てるたびに、私は兵士よりも、葉のあいだを動きまわる蛇やトカゲ、物音に驚く狼や、黄色い目をした梟《ふくろう》のことが気になりました。母のマフラーで鼻まで覆い、やがて耳も覆い、しまいには頭からすっぽりかぶりました。

急な斜面に差しかかり、私がつまずきそうになるたびに、エーリヒは懐中電灯を渡してくれました。それで彼の顔を照らすと、すぐに怒られてしまいます。ときおり足をとめては渓流の音に耳を澄ませ、水筒に水を汲みました。氷のように冷たかったので、ゆっくり飲むように言いました。話がしたくても、エーリヒは私の言うことに耳を傾けてくれませんでした。濃密な静寂があたりを支配していました。誰も住む者がいなくなった我が家にも、同様の静寂が漂っていたにちがいありません。

「しっかり耳を出して歩け。この先は狼と出くわすかもしれん」

「エーリヒ、あとどれくらいで朝になる？」

「もう間もなくだ」

10

真っ黒な空の闇に薔薇《ばら》色の光が射したと思ったら、やがて青くなり、朝陽が顔を出しました。エーリヒが指差すほうを見ると、眼下にクロンの村が小さく見えました。二人して石に腰掛け、堅パンとチーズを食べました。エーリヒにグラッパをひと口飲めと言われて、私は咳き込みなががら胃に流し込みました。やがて澄み切った薄明かりが平地を照らし出し、絶壁から枝や低木が飛び出しているのが見えました。まるで世界の果てまでよじ登り、そこを飛び出して別の世界にやってきたかのようでした。

「あそこで休むことにしよう」エーリヒが山稜近くの洞窟を指差して言いました。入り口は狭く、四つん這いになってようやく入れるほどです。エーリヒは中を入念に調べてから、獣の巣ではなさそうだと結論づけました。残っていた雪を二人して足でどかし、小枝を積みあげました。

「ここで野宿しなくてはいけないの？」私は途方に暮れました。

「数日のあいだだけだ。その後、どこかの農家に泊めてもらおう」

「泊めてくれる人なんている？」

「アルフレート司祭が、農家のおかみさんに渡す紹介状を書いてくれたんだ。息子がマッレスの若い神父でね」そう言って、ポケットにしまっていた手紙を私に手渡しました。

「地べたで寝るの？」私は周囲を見まわしながら尋ねました。

「外で木の葉を集めて、藁布団を敷くんだ」エーリヒは辛抱強く説明しました。「藁袋を持ってきたから、少しは寒さも防げるはずだ」

私は、十メートル以上離れないでとエーリヒに念を押しました。もしも姿が見えなくなったら、大声で叫ぶか、あるいは谷まで歩いて下りると言って。たとえどんな理由だろうと、一人になりたくなかった。すると彼は私の頭を撫でて、何日かしたら、野兎や鳥を狩るか、近隣の農家にチーズを分けてもらいに行かなければならないが、二人で一緒に行くのは無意味だと説明し、その代わり、私に拳銃を持たせました。彼には猟銃がありましたから。私は拳銃を撃ったことなど一度もありませんでしたが、試しに撃ってみようとも思いませんでした。拳銃には弾が六発しかなかったのです。

「とにかく、ありったけの力を込めて引き金を引けばいい」エーリヒが教えてくれました。

私は、かじかむ手のなかで銃の重みを感じながら、鋼の銃身を凝視していました。一緒に木の葉を集めに行きながら、周囲を調べてまわりました。人の気配は感じられず、洞窟に戻ったとき、エーリヒは得心がいったらしく繰り返しました。「こんな山奥までは誰も追いかけてこない」

「だけど、また雪が降るわ」

「そうだな。たくさん積もるかもしれない」

「積もったらどうするの？」

「トリーナ、数日の辛抱だよ。ドイツ軍はこの道を通らないことが確信できたら、その農家まで行こう。なにか仕事を手伝うか、持ってきた金で宿賃を払うんだ」

「そのあいだに戦争は終わる？」

「終わることを祈るね」

正午になると陽射しが温もりはじめ、わたしたちはマフラーを緩め、またチーズをかじりました。最初にエーリヒが休むことになったので、私は拳銃を手に洞窟の外に出て、空のまぶしい光を見あげました。一点の汚れもない青空で、細長い雲が追いかけっこしています。遠くで鷲が旋回していました。私は樹木を見てまわり、石ころを蹴りました。空気は微動だにしません。

「木の幹に新しいひっかき傷を見つけたら、すぐに遠ざかるんだ。近くに狼がいる証拠だからな」エーリヒが言いました。

「鉢合わせになったら？」私は動揺して尋ねました。

「目を狙って撃つ。ドイツ兵と鉢合わせになってもおなじだぞ。相手がイタリア兵でもだ。生き延びたければ、必ず目を狙って撃て」

「こんな山奥まで来ても、戦争からは逃れられないのね」夜、焚き火の前で私はつぶやきました。

「この拳銃が戦争そのものなんだわ」

エーリヒはうなずきました。「だが、俺たちは少なくとも荷担はしていない」


暗闇が山の上まで這いあがると、私は光をとどめておきたくて空をじっと見つめました。まるでお腹を空かせた赤ん坊が残光という乳を求めているかのように。けれども、たちまちのうちに、すべてが寂寞《せきばく》たる暗闇に包まれ、木々の輪郭すら見分けがつかなくなるのです。私は打ちひしがれて洞窟に戻り、両手のあいだに顔をうずめ、すすり泣きを呑みこむのでした。エーリヒはなにも言わずに見守っていました。ときおりそばに来て私を抱きしめようとするのですが、私はあなたの抱擁なんてなんの慰めにもならないと拒絶しました。ひたすら朝が待ち遠しかったのです。

ようやく薄明かりが戻ってくると、私はその苦悩に満ちた暗闇をしばらく忘れることができ、目を開けたまま夢を見るのでした。夢のなかで私は、冒険家の夫への愛のために山に登る新妻になったり、ドイツ兵が恐れおののくゲリラ兵になったり、身を挺して子供たちを救う教師になったりするのでした。

　時間が少しも過ぎていかない午後などは、二人で木の幹によりかかり、これまで一度も口にしてこなかったことについて話しました。

「いま頃マリカはどこにいるんだろうね」エーリヒが両手に息を吹きかけながら言いました。

私はまるで狼でも見たかのように全身を強張らせ、エーリヒに身を寄せました。あの日以来、一度もあなたの名前を口にすることのなかった彼が、もう一度おなじフレーズを繰り返し、そろそろ話題を避けるのはやめにしようと言ったのでした。

「元気でさえいてくれればそれでいい。戦争に巻き込まれず、安全なところにいてくれればね」

「また会いたいとは思わないの？」私は尋ねました。

「会える日が来るとは思えない」

「お義姉《ねえ》さんには？」

「姉には会いたいね」

「そうなんだ」

「ああ。会って理由を尋ねたい」

「訊きたいのはそれだけ？」

「ああ、トリーナ。それだけだ」

11

しだいに私は日付もわからなくなっていました。いつになったらその農家に行けるのかとエーリヒに尋ねると、まだ移動するのは危険だという答えが返ってきて、早く洞窟を出たい私は気が滅入るばかりでした。ここにいたら、戦争がいまどんな状況にあるのかわからないじゃないと言えば、まだ二週間も経っていないんだぞと笑い飛ばされました。

そのうちに塩漬けの肉が底をつき、ポレンタも堅パンもなくなりました。チーズもビスケットも食べつくしてしまいました。エーリヒはときどき一人で山を下り、何時間ものあいだ姿を消すようになりました。山稜付近の洞窟に一人残された私は、谷間を見下ろしては奇妙な眩暈を感じるのでした。風が途切れて身動きができなくなるのです。エーリヒは、近隣の農民からスペック（燻製にした生ハム）やチーズの塊をもらって帰るのですが、食べるものは少なくなるばかりで、彼の顔はますます死人のようにやつれ、剛《こわ》い鬚の下がくぼんでいきました。銅像のように二本足でぴんと立つアルプスマーモットを見つけると、背後から棒で叩いて捕まえました。マーモットは私たちのご馳走でした。熾した火の上に焼き網をのせてローストにし、骨までしゃぶるのです。私は自分がすっかり野生人になった気がしたものの、エーリヒが出征していた頃のように投げやりではありませんでした。

ある日の午前中、エーリヒが狩りに行っているあいだ、私は一人で渓流沿いを歩いてみました。魚でも見つかるのではないかという淡い期待を抱いたのですが、氷を割って水筒をいっぱいにするのがせいぜいでした。少し行ったところに農家が見えたので、恐る恐るノックしてみました。ドアを開けて出てきた女の人に、兵役を逃れた夫とともに山に籠もっていて、スイスまで行きたいと思っているのだと話しました。すると女の人は、スープを一缶と、ワインの丸底瓶《フィアスコ》を一本分けてくれました。私は、代金を払いに戻ると約束し、洞窟を目指して意気揚々と帰りました。エーリヒの土気色の唇が嬉しそうにほころぶのを想像しながら。彼はスープを掻き込み、「これでまた一日をやりすごせた」と言うことでしょう。そして、胃まで下りていく感覚を楽しみつつ、二人でワインを飲むのです。

私は木々のあいだをゆっくりと登っていきました。一歩ごとに、古い塩のようにさらさらの雪のなかに靴底が沈みます。エーリヒは雪掻きをしているだろうと思っていました。私たちは日々、雪と格闘していたのですから。そのとき、人の声がしました。威嚇的な怒鳴り声です。ドイツ語でなにやら矢継ぎ早に質問しているようでした。私は、あと十歩で洞窟というところまで来ていました。身を乗り出して様子をうかがうと、こちらに背を向けた兵士たちが、エーリヒに対して、「パルチザンか?」「脱走兵だろう」と執拗に繰り返していました。エーリヒは答えようとしません。私はその場で身を伏せました。二羽の鳥が梢からこちらを見ています。雪の上に這いつくばると、あまりの冷たさに乳房がかじかみました。その位置からだと兵士たちの姿がよく見えました。いくら尋問されても、エーリヒは口をつぐんだままでした。私は拳銃を取り出しました。銃弾は六発だけ。手前の兵士の背中に照準を定め、ありったけの力で引き金を握ったところ、次の瞬間、兵士は鈍い音をたてて倒れました。もう一人が振り向いた瞬間、私は続けてその胸を撃ちました。かすれた悲鳴が洩れました。重なり合って倒れた二人の身体に向かって、弾丸がなくなるまで撃ち続けました。エーリヒは岩に背中を押しつけて身を硬くしていました。彼の石のような眼差しがこちらを凝視していましたが、私だと認識できていないようでした。私は枝いっぱいに積もった雪を払うようにして彼を揺さぶり、急いで逃げなくちゃ、と歯の隙間から声を出しました。するとエーリヒは我に返り、一緒になってドイツ兵の武器を拾いました。私が一丁、彼も一丁。血で汚れるのも構わず、私とエーリヒはコートのポケットを探り、見つけた紙幣を懐にしまいました。一人の財布にはマルクがぎっしり詰まっていたのです。それだけあれば、近隣の農場で食料を買うことも、農家で世話になった場合の宿泊料も払えるでしょう。私たちは遺体を洞窟に引きずり入れ、その上に弾のなくなった拳銃をおき、雪で覆いました。何日か雪が降り続ければ、永遠に埋もれてしまうことでしょう。

私たちはさらに上を目指して歩きました。人を殺《あや》めた者の足取りは速いものです。締まって重い雪を踏み、足跡を残しながら。手には拳銃を握っていました。心臓が胸を内側から拳骨で叩きつけるように激しく鼓動していました。

「こっちにも足跡があるぞ。連中はこんな奥まで来たらしい」エーリヒが言いました。

そこで別の方角に向かうことにしました。二人して押し黙ったまま、歩き続けます。地表に獣や山靴の足跡を見つけるたびに、さらに別の道を行きました。手のしもやけがひび割れました。「ここはどこなの？」太陽が山の向こうに姿を消すと、私は尋ねずにはいられませんでした。

「あの向こうがスイスとの国境だ」

「農家は？　あなたの言っていた農家はどこなのよ」私は苛立ちを隠せませんでした。

「ここからそう遠くないはずだ」エーリヒも途方に暮れています。

もはや立っているのもやっとで、あと数時間も歩きまわったら、こと切れそうでした。私が地面にしゃがみ込むと、すぐに立つんだ、とエーリヒに怒鳴られました。なにがあろうと歩き続けなければなりません。

「立ち止まったら最後、凍え死ぬぞ」

もはや木々も生えておらず、山稜にも雪があるばかりで、なにも見えません。

「あそこを見ろ！」エーリヒが叫ぶ力もなく言いました。

見渡すかぎりの白のなか、石造りの小さな建物らしきものが見えました。近づいてみると、円筒形の礼拝堂で、尖った屋根の上に羽根飾りを思わせる十字架が立っていました。

中から人の気配が感じられなかったので、エーリヒがそっとドアを開けました。すると、三人の男がぱっと立ちあがりました。なにかドイツ語で叫んだかと思うと、銃声が響きました。

「撃たないで！」私は夢中で声を張りあげました。

私もエーリヒも両手をあげましたが、拳銃は握ったままでした。もはや拳銃は私たちの身体の延長となっていたのです。

「私たちは兵士じゃありません！　ナチスでもファシストでもありません！」私は叫びました。

男たちは顔を見合わせています。

「兵役を逃れてきたのか？」構えていた銃を下ろしながら、一人が尋ねました。

うなずくと、拳銃をしまうようにと言われました。私たちは相手にもおなじことを求めました。私は流浪者のような形相をしていたはずですが、それでも女の顔を見て、三人は安心したようでした。

あのときに出会った三人のことを、私は生涯忘れないでしょう。鼻がつぶれ気味で山羊を連想させる顔に、曖昧な表情を浮かべた父親は、厚ぼったい眼鏡のせいか、顔全体が小さく見えました。それと、怯えて蒼白い顔をした二人の息子。私はミヒャエルのことを思わずにはいられませんでした。三人はドイツ軍から逃れてきたのでした。一方、ミヒャエルはナチスに抵抗する者たちを捕らえるのが任務ですから、もし彼があの礼拝堂に踏み込んだら、三人を撃ち殺したでしょう。あるいは逆に、三人の手にかかって殺されていたかもしれません。

火を熾そうとする父子をエーリヒが手伝いました。ぱちぱちと音を立てて炎が燃えあがると、礼拝堂の壁が息を吹き返したかのようでした。私は身勝手にも、自分がようやく暖かい場所にいられるというだけで神に感謝したのでした。そして、差し出された塩気のないパンを一緒に食べました。

私はスープの入った缶とワインの丸底瓶《フィアスコ》を取り出し、火のそばに並べながら尋ねました。「兵士はこのあたりにも来たのですか？」

「ドイツ軍は、徴兵を逃れた者たちが国境の手前に潜んでいることを、把握しています」ワインを飲みながら、金髪の若者が言いました。

「むやみに国境を越えては危険です。スイスの警察が毎日のように徴兵逃れを逮捕している」もう一人の息子も言い添えました。

戦況はヒトラーにとって不利になってきていると彼らは話してくれました。独ソ戦は泥沼化しつつある、スターリングラードでは何千人もの戦死者が出て、市内の地下蔵には大勢の負傷者が手当ても受けられずに放置されている、と言うのです。父子は、ベルンまで逃げて、親戚に匿ってもらうつもりだと言っていました。ステルヴィオ村の出身で、息子二人は兵役の最中、休暇に乗じて逃げ出し、父親のほうは召集を受けたが出頭しなかった。エーリヒとおなじく、イタリア軍の戦列で戦わされ、戦争なんて二度とごめんだと思ったそうです。母親は何年か前に亡くなったということでした。

「もし母が生きていたら、生まれ故郷の村から逃げたがらなかっただろうから、僕たちのせいでナチスに逮捕されたか、銃殺刑にされていたと思います」弟が言いました。

私は黙っていました。彼らのことも、ナチスのことも、そして息子のことも、正直うんざりだったのです。それは、ミヒャエルがいまそばにいて、一緒に暖かい炎に手をかざせたらどんなにいいだろうという願いと綯《な》い交《ま》ぜの感情でした。

「ドイツ兵はここにも来た。とどまるのは危険だ」父親が言いました。「戦争が終わるまで籠もるつもりなら、もっと上まで登るんだな。徴兵を逃れて潜んでいる連中がほかにもいる。山小屋や飼い葉小屋があるからな」

「寒さだって、こことたいして変わりませんよ」おそらく私たちを安心させるためでしょう。金髪の若者が言いました。

三人はチコリのコーヒー（コーヒーが手に入りにくかった時代の代用品）をご馳走してくれました。その苦みのあるねっとりとした液体が、顔をうずめたくなるほどおいしく感じられました。とっくに煙草を切らしていたエーリヒは、吸い差しを分けてもらいました。そのちびた煙草がたいそう嬉しかったらしく、できるだけ長い時間、煙を胸のなかに含んでいました。弟はコーヒーを飲み干すと、拳銃を持って戸口へ行きました。

「三時間したら交代だ」座ったままでいた兄が言いました。

翌朝、私が目を覚ますと、肩のあたりで金髪の若者がうずくまって寝ていました。

三人は礼拝堂を後にする前に、彼らの焼いた塩気のないパンをひと塊、分けてくれました。私たちは木の枝を丸く束ねて、雪の上を歩くときに靴の下に敷くかんじきを作りました。エーリヒがナイフで加工して枝をしなやかにし、私が糸を歯でちぎりながら結ぶのです。彼らの分も作りました。父親は、寒さにくじけないで、もっと上まで登るようにと念を押しました。そして別れの挨拶はせずに、私たちとは反対の方角に去っていきました。私とエーリヒは一面の白のなか、三人の後ろ姿が小さくなっていくのを見つめていました。

相変わらず雪が降り続いていたため、持っていた靴下を全部重ね履きしました。足が冷えると全身が冷える、と口癖のように言っていた母のことを思い出しながら。私はなにかにつけて母のことを考えていました。記憶のなかの母は、座面の藁がほつれかけた椅子に座って編み物をしていた。編み物をしているとき、母の頭のなかでいったいどんな思考が渦巻いているのか、予想もつかないのでした。

十字架のある礼拝堂を見ようと振り向くと、入り口の扉はもう雪に覆われていました。周囲には一面に白の世界がひろがり、吹きすさぶ風の音が聞こえるばかり。撃ち殺した二人のドイツ兵の屍が脳裏によみがえってくるのでした。

12

私たちはその過酷な寒さのなかを何時間も歩き続けました。雪がやむのを待って、無理にでもパンを口に入れながら。靴の破れ目からは容赦なく雪が入ってきます。パンを食べていたとき、エーリヒがいきなり立ちあがり、遠くに現われた二つの人影を指差しました。慌てて残りのパンをポケットに突っ込むと、夢中で走りだしたのです。「おーい、待ってくれ!」あらんかぎりの声で呼んでいます。一歩ごとに雪に足をとられ、荒涼とした白い世界に呼び声が消えていきました。私は背嚢の重みで腰を曲げながら、後を追いかけようとしましたが、そのまま地面に倒れ込み、死んでしまったほうが楽だとさえ思いました。

「エーリヒ、止まって！」私は大声で叫びました。

けれども立ち止まろうとしません。雪道にストックを突き刺し、その勢いでストックがたわんで転びそうになりながら、なおも追いかけようとしました。

「追いつくわけない。エーリヒ、お願いだから止まって」私はもう一度叫びました。

するとと彼は私のそばまで引き返してきて、荒い息で怒鳴りつけました。「足跡を追うんだ、トリーナ。急がないと雪で消えてしまう。きっとこのあたりの人だから、道を教えてもらえる」

足跡をたどっていくと、農場にたどりつきました。私たちはストックで身体を支えながら様子をうかがいました。腰を屈《かが》め、呼吸が落ち着くまで待ちました。凍った涙が顔にへばりつきます。

しばらくすると女の人が戸口に出てきて雪かきを始めました。エーリヒに背中を押され、私はアルフレート司祭の紹介状を手に近づいていきました。いまにも膝ががくんと折れ、かじかんだ足がそれ以上前に進まなくなりそうでした。私はなにか悪いことをした子供のような声で声をかけました。女の人はでっぷりと肥っていて、髪は茨のようにもつれていました。私たちをひと目見ただけで、徴兵を逃れてきた者だとわかったようでした。

「アルフレート司祭にこちらを教えていただきました。クロン村の教区司祭の」と私は切り出しました。彼女は返事をしませんでしたが、私は司祭の紹介状を手渡しながら、続けました。「戦争を逃れてきたのですが、このままでは凍え死んでしまいます」

ですが、彼女はその手紙を見ようともしません。私から視線を逸らさずに、誰かの名前を呼びました。すると、家のなかから猟銃を抱えた長老が現われました。次いで別の男が顔をのぞかせ、さらにもう一人、僧衣に身を包んだ神父が出てきました。少女の手を引いた女の人もいます。そのときになってようやくエーリヒが、銃はしまったまま、両手をあげて近づいてきました。そのあいだも雪は降り続いていました。頭上に降る雪ほど無情なものはありません。

家のなかでは暖炉が焚かれていました。ひとつしかない部屋の壁に立てかけられたおんぼろのマットレスから、その部屋でみんな雑魚寝をしていることがわかりました。床が傾いているせいで、歩くと頭がくらくらしてきます。五人の視線がいっせいにこちらに注がれ、私は気後《きおく》れしました。暖炉では、頬が焦げそうになるほどの熱い炎が燃えさかっています。私は泣くまいとしたものの、涙を堪えることはできませんでした。

「あなたたちは、ナチスなのですか？」中年の男が尋ねました。

「違います」

「じゃあ、ファシスト？」

「いいえ、ファシストでもありません」

「自分たちはナチスでもファシストでもありません！」エーリヒが苛立って言いました。「何者でもなく、しがない農民です。ただ戦争に荷担したくなかっただけなのです」

「クロン村のアルフレート教区司祭の友人です」私が先ほど言ったことを繰り返すと、神父の表情がようやく和みました。

　すると、肥ったおかみさんが紹介状を渡してくれました。それを読んだ神父は、私たちの手を握り、エーリヒを抱擁しながら、「よく来てくれましたね」と繰り返しました。そして、食料を手に入れる手伝いや、家畜小屋の修繕をしてくれればいいと言ってくれました。飼っていた家畜は、戦争のあいだ現金が入り用になると考えたおかみさんが市場で売ってしまい、いまはなにもいないということでした。

「いざ戦争になってみると、現金なんてなんの価値もないことがわかりましたが……」神父が溜め息をつきました。

「あたしたちは同郷なんです」長老の娘だという女の人が言いました。「数週間前にマッレスから逃げてきました」

「宿賃はきちんとお支払いします」エーリヒが口を挿みました。「みなさんも大変でしょうから」

　おかみさんがうなずき、もっと近くまで来るようにと手招きしました。私は睡魔に押しつぶされそうになっていて、できることなら一人になりたかった。家のなかにも冷気が滞留していましたが、もう寒いとは思いませんでした。

「背嚢にフライパンがあります。取っ手が背中に当たって痛いけど、必要なこともあるかもしれないと思って、持ってきたんです」

　おかみさんは口もとを緩め、裏手にある戸を指差して言いました。「兵隊が来たらそっちから逃げるんだよ。ここがいちばん奥の農場で、この先に人家を探しても無駄だからね。二、三キロも行けばスイス領だ」

「もし来たら、どこへ逃げればいいのですか？」

「東を目指すんだ。稜線に沿って下っていくと、松林にぶつかる。そのあたりまで行けば飼い葉小屋がいくつかあるから」

私たちは暖炉の前に戻りました。中年の夫婦が私たちのことを頭のてっぺんから爪先までじろじろと見ていました。先ほど手を引かれていた少女はマリアという名前で、この夫婦の子供でした。口が利けないらしく、ぬいぐるみの人形のような目でこちらをじっと見ています。

「今晩のところはわしらが交代で見張りをするから、疲れをとってくれ。明日からはあんたにも当番をお願いしよう」長老がエーリヒに告げました。

13

翌朝は雨でした。黒の僧衣に身を包んだ神父が手を組んで祈りを捧げています。黒い服を見ていると私は気が滅入りました。こちらに背を向けて立ち働いていたおかみさんが、ときおり、息子に向かってこぼしていました。「なんで神父になんてなったんだい。フランチェスカと結婚してたらよかったのに……」

「お母さん、私は神を伴侶としたのです」彼は忍耐強く答えていました。

肩幅が狭くて髪の薄い神父は、年齢不詳の顔をしていました。私の気を滅入らせる僧衣とおなじ、黒い瞳をしています。

「神父も徴兵を逃れることができるのですか？」私は彼に尋ねました。

神父は悲しそうに微笑み、自分は徴兵を逃れたわけではなく、ナチスに従うことを拒んだだけなのだと言いました。

「ヒトラーは異教徒です。彼の言いなりの聖職者たちは、キリストに仕える資格はありません」穏やかな口調でそう言いました。

そして、マリアの父親はいま狩りに出ているが、たいてい帰りがけに別の農場に寄り、なにか分けてもらってくるのだと教えてくれました。腸詰め《サルシッチャ》を二、三本とか、チーズの塊といったものです。マリアが言葉を発さなくなってから、父親も母親も寡黙になったこと、彼の従兄弟《いとこ》たちが十日ごとにポレンタと卵の入った袋を持ってきては、山奥の秘密の場所に置いていくことなどを話してくれました。戦争が終わるまで、誰もマッレスには戻れないだろうとも言っていました。

「戦争は間もなく終わるのでしょうか」私が尋ねると、神父は無言で肩をすくめました。

表に出て長老となにやら話していたエーリヒは、ほどなくせっせと働きはじめました。家畜小屋の掃除や、飼い葉桶の修繕、雪の重みによってたわんだ板の張り替えなどを頼まれたようでした。そこで、私にもなにかできることはないかとおかみさんに尋ねてみました。すると彼女は温和な声で、いまはとにかく身体を休めることだけを考えていればいいと答えました。それよりも、戦争が始まる前はどんな暮らしをしていたのか聞かせてほしいと言うのです。私は、教師になりたくて高等学校を卒業したものの、ファシストたちが来たせいで正式な教員のポストに就けなかったこと、牧畜を手伝いながら細々と暮らしていたけれど、夫が徴兵を拒否すると言い出したので、夜のあいだに山奥まで逃げてきたことを話しました。

「まったく、男たちについていくには、命がいくつあっても足らないね」おかみさんは、ふたたび祈りを捧げはじめた息子を顎で指し示しながら、言いました。

外は空が明るく、不透明な光が雪に反射していました。見渡すかぎり白で、白以外はなにも見えません。おかみさんはポレンタをかきまぜながら、私の持ってきたフライパンで玉葱を煮込んでいました。フライパンを使ってもらえたことを、私は素直に喜んでいました。

「先週はカモシカを担いで帰ってきたし、その前はキジだった。それで、金曜だというのに肉を食べたんだ」彼女は嬉しそうに話していました。「今日もきっとまたなにか獲ってきてくれるにちがいない。あたしは肉が大好物でね」

「肉は急いで食べないと、においを嗅ぎつけて獣たちがやってきます」神父が横から言い添えました。「夜の見張りは、ドイツ兵というより、獣に襲われないためにしてるんです。相手がドイツ兵では、どのみち太刀打ちできませんしね」

「こんな奥まで来るでしょうか」私は尋ねました。

このときも神父は肩をすくめてみせただけでした。息子の非礼を詫びるかのように、おかみさんが横から口を出しました。「神父になんて、質問するだけ無駄ってもんだよ。肩をすくめるしか能がないんだから。この子は子供の頃からそうだった。玩具《おもちゃ》を取りあげられようが、思いっきり殴られようが、やり返しもしないで、黙って肩をすくめるだけだったんだ」

神父が丁寧に食器を並べた古いテーブルをみんなで囲みました。祈り終えてから、はじめて料理が配られるのです。「主よ、ここに用意された食事を祝福し、この世のすべての家庭にお与えください」神父は、そう祈りを捧げました。食事が済むと、長老は隅に引っ込んで銃を磨きつつ、先の戦争では何十人というイタリア兵を撃ち殺したものだと話していました。

「この銃があるかぎり、わしはオーストリア人だということだ」と繰り返しつぶやきながら。

煙草を吸いに外へ出たエーリヒとマリアの父親は、空が洋紅色《カーマイン》に染まり、やがて暗くなっていくのを眺めていました。エーリヒは、寡黙な彼と一緒に黙っているのが心地いいようでした。テーブルに残った私たちは、みんなで白湯《さゆ》を飲んでいました。血液の流れがよくなるからというおかみさんの勧めでした。誰もが戦争の終わる日を夢想していました。学校で教えられる日が早く来るといいのだけれどと私が言うと、マリアの母親が、あなたはきっといい先生になるにちがいないと励ましてくれました。神父にはとりたてて夢というものはなく、とにかく自分の教会に戻り、またミサが執り行なえればそれで十分だと言っていました。おかみさんの夢は、お祖母ちゃんになって、孫たちの声が家じゅうに響きわたることだそうです。私たちが望みを語り合うあいだ、神父がいつもの控えめな微笑みを浮かべていたので、私はあなたのことを話してみたくなりました。

そんなふうに空想の世界で遊んでいるうちに、みんな白湯をとっくに飲み干していたのですが、まるでまだ入っているかのように、冷たくなっていくカップをいつまでも手に持っていました。エーリヒたちが戻ってくると、現実に引き戻された私たちはぱたりと口をつぐみ、そんなに長いあいだ夢に耽るなんて、罪深いことをしたとでもいうように、困惑して互いに顔を見合わせました。

エーリヒとマリアの父親は朝早くに出掛けていき、農家をまわり、なにか仕事をさせてもらえないかと尋ねて歩きました。飼い葉小屋の秣を集めて大きな布に包み、担いで家畜小屋まで運ぶのを手伝っては、代わりにスペックやチーズの塊、何リットルかの牛乳をもらって帰り、私とマリアを喜ばせるのでした。雪がやんでいる日には狩りに行きました。ごくたまに、数頭の牛と暮らしていて、夜は干し草のあいだにもぐって眠るという牧夫に会うこともありましたが、山にいるのはたいてい、おなじように徴兵を逃れて籠もっている人たちでした。うまく相手の警戒心を取り除くことができれば、情報を交換し、帰ってきたときに報告してくれました。二人が出掛けてしまうと、長老は猟銃を抱えて戸口に立ち、見張り役に徹していました。私たちと一緒にテーブルに着こうとせず、錫《すず》の皿を持って立ったまま、お祈りもしないで急いでかき込むと、また空を仰いで天候を気にするのでした。そうして天文学者のような忍耐強さで、いつまでも空を睨んでいました。

私は、エーリヒたちが獲物を担いで帰ってきたときだけ、料理を手伝いました。おかみさんはふだん、他人が台所に入るのを好まなかったからです。二人が獣を抱えて帰ってくると、見張り役を一人残し、総出で皮を剝ぎます。神父も、肉に祝福を与えたうえで手伝いました。剝ぎ終わると地面に板を立て、血が完全に抜けるまで丸一日待ちます。調理するのは私たち女の仕事でした。肉を塩に漬けていると、我が家のことが思い出され、いま頃ドイツ軍に燃やされたか、あるいは別の人の住まいにされてしまったかもしれないと、心配になるのでした。

マリアは、なにをするというでもなく、虚ろな眼差しで私たちを眺めていました。灰色がかった金髪に、長く華奢な手をしていて、母親によく似ていました。母親はたいてい長老と一緒に家にいて、気詰まりするような視線を私に向けるのでした。

私は毎朝、外の雪が融けていることを期待しながら戸を開けました。緑の草や、銀色に光る岩、石ころだらけの地面を触りたかったのです。ところが、そろそろ春が来るはずの頃になっても、あたりは相変わらず白ばかりで、がっかりするのでした。樅の木々から雪の塊がどすんと落ちる音を聞いては、またドアを閉めて家のなかに戻ったものです。神父に今日は何日かと尋ねると、聖人暦でその日にあたる聖人の名をあげながら、丁寧に教えてくれました。祈ることこそが戦争の終結を待つための最善の道だと言って。そこで私も一緒にひざまずき、彼がおなじ祈りの文句を何十回となく繰り返すのを聞いていました。

ある晩、私が枕代わりに使っていた背嚢の下に、新しい日記帳と鉛筆が置いてありました。その日記帳は私にとって、戦争という動かしがたい時間のなかでの救いになったのです。私は日記帳のページを手紙で埋めていきました。最初のうちはマヤ宛てに、レジア湖の岸辺で一緒に高等学校の卒業試験の勉強をしながら、あるいは毎週水曜日に母の作る生クリームをスプーンですくって食べながら過ごした日々の思い出を、何ページにもわたって綴りました。次いでバルバラに宛てて手紙を書きはじめたのですが、どの手紙の末尾にも、私のメモをお姉さんから受け取ったかどうか尋ね、一緒に草原で寝そべったり、あるいはアマツバメのように木の枝の上に座って過ごしたりした日々のことを決して忘れないと書き添えるのでした。書き溜めた手紙を送ってくれるかエーリヒに頼んでみましたが、こんな山の上から手紙を送る方法なんてないと一笑されただけでした。

農場で寝泊まりさせてもらうようになってからというもの、死人のようにやつれていたエーリヒの顔に生気がよみがえり、伸び放題になっていた剛《こわ》い鬚も、壁に掛かっていた小さな鏡の前でようやく剃ることができました。エーリヒはマリアの父親と気が合い、彼と一緒に狩りに行き、帰ってくると家畜小屋の腐りかけた板を張り替える作業に精を出していました。おかみさんも神父も、エーリヒのような人が来てくれてこっちが大助かりだと言い、宿代を支払うたびに、いつも一部を返してくれるのでした。狩りに出た二人が、なんの獲物も見つからずに煙草の葉を嚙みながら戻ってきて、夕飯は野草のスープらしきものだけだったり、白湯だけだったりすることもありましたが、私はエーリヒに友達ができたことがなにより嬉しかった。

やがて夏になると、二人は川の流れがあるところまで下っていき、雑魚《ざこ》を捕まえて帰ってくるようになりました。それを私とおかみさんとで網の上で焼くのです。私はいつも、口のなかに残る生臭さを感じないよう、息を止めて飲み込んでいました。

神父は朝のお祈りを終えると、マリアにもお祈りを教えていました。私は、そんな二人の傍らで、神父が祈ってみせるのを聞きながら、戦争によって引き起こされる災難も、つねに死と背中合わせの現状も、すべて神のご意志だと信じられるなんて、なんとおめでたいことだろうと思っていました。私には、神なんて存在しないほうがいいという証明にしか思えませんでした。何度か、神父にあなたのことを打ち明けようとしました。あなたがどれほど美しくて気高い娘だったかを話し、家から出ていった晩のことを聞いてほしかったのです。ですが、いつか彼が口にしていたように、「神は乗り越えられる者にしか試練をお与えにならない」という答えが返ってくるのが怖くて、思いとどまるのでした。

お祈りが済むと、私はマリアに、外に出て農場の前で一緒に座らないかと声をかけました。彼女の両親も、傍らで頬を撫でながら、「トリーナと一緒に行ってきたら」と、まるで長旅にでも出すかのように言っていました。マリアと二人になると、私はところどころに松の木が生えているだけの白っぽいガレ場や、雪が融けるにつれてひろがっていく黒い大地、ひっそりとした渓谷、樺《かば》の木の茂み、そして爆弾も兵士も気にとめずに翼を大きくひろげて空を舞う鳥たちを指差しました。するとマリアは、いつもの虚ろな目つきではなくなり、子供らしい楽しげな表情で、自分の目に映るものすべてを私に指差してみせるのです。雲を横切る鷲や、つるつるの石ころが敷き詰められた川底。彼女は靴の下で雪が割れる感触が好きでした。灰色がかったブロンドの髪を指でかきあげながら、首を振って私にイエスかノーかを伝えるのでした。暖かい陽射しが戻ってきてからというもの、母親が丁寧にその髪を洗ってやっていました。私は、意味を見出すことも難しいような、いつ終わるともしれない日々を、そんなふうにマリアと過ごしていました。ときおり、うっかり「マリカ」と呼んでしまうこともありました。雨の降る日には家のなかで過ごすのですが、マリアはよく私の日記帳に絵を描いていました。たてがみのふさふさした馬や、毛の長い犬……。

「絵だけじゃなくて文字も書いてみる?」ある日、私は尋ねました。

そして彼女の手を軽く握って導きながら、自分の名前を書かせました。線が文字の形になっていくのを見て、マリアの口もとに笑みが浮かびました。

「今度は一人で書けるかな?」

マリアは驚いてうなずきながらも、はにかむように私の手をとり、もう一度書いてみせてと身振りで伝えてくるのでした。私は、「まつのき」「くも」「たいよう」といった単語を、実物を指さしながらノートに書かせていきました。するとマリアはその隣に絵を描き、数日のうちにちょっとした単語帳ができあがったのです。マリアはそれを両親とお祖父ちゃんに得意げに見せていました。

私が疲れたと言うと、雪がまだ残っているところまで一人で行って地面にひざまずいては、また立ちあがり、白の上にできる跡を嬉しそうに眺めていました。そんなマリアの様子を家のなかから眺めているうちに、なぜかしら涙がこぼれてくるのでした。

夜、落ち葉のベッドで横にはなるものの、あなたが夢に出てくるような気がしてなかなか寝つけませんでした。けれども、たいてい夢に出てくるのは、肩のところで眠ってしまった金髪の若者で、「トリーナ、戦争が終わったよ！」と私を起こしにくるのでした。

ときおり私はエーリヒに言いました。「私たちはずっとここで暮らすことになるのかしらね。そして、ある日、まったく予期してないときに、ドイツ兵かイタリア兵に踏み込まれ、背後から撃たれるのかもしれない」

すると彼は溜め息をつき、いつもより荒っぽく両手をポケットの奥まで突っ込むと、話題を変えるのでした。「明日、農家からチーズを分けてもらってくるよ。それから、二人で少し歩きに行かないか？」

そのくせ、翌日になるとエーリヒは神父と話し込み、私はマリアと一緒にいたかったので、二人で歩きに行くことはありませんでした。それに、歩きに行くなら、いつも私を勇気づけてくれるおかみさんも一緒に来てほしかった。「ほうら、今日もまたこうして生きてるじゃないか！」私が落ち込んでいると、彼女はいつも太い声でそう言って笑うのでした。

14

一九四四年の終わりになると、ドイツ軍の報復攻撃が激しくなりました。伝え聞くわずかな情報は、農家が焼かれたとか、脱走兵が収容されたとか、徴兵忌避者の家族が牢屋にぶち込まれたとかいったものばかりでした。そのため男たちは見張りを強化し、二人一組で当たることにしました。エーリヒと神父、長老とマリアの父親の組み合わせです。

農場に向かってくる彼らを見つけたのは、長老とマリアの父親でした。一九四五年一月のある日のこと。マントで身を包み、雪靴を履いた五人組の兵士が現われたのです。陽が昇って間もないときでしたが、私たちはすでに起き出していました。おかみさんが、短い日照時間を有効活用しなければと言って、毎朝手を叩いてみんなを起こしていたからです。おかみさんより早起きなのは神父だけでした。彼は誰よりも睡眠時間が少なく、一緒に過ごした一年以上のあいだ、私は彼が寝ている姿を見たことがありませんでした。いつだっていちばん最後に就寝し、朝、私が目を覚ますときにはすでに僧衣に着替えていました。

おかみさんは大麦のコーヒーの残りを温め、神父は暖炉の前で火をくべていました。そのとき、ドアがものすごい勢いでひらき、長老が大声を張りあげながら、駆け込んできたのです。「ドイツ兵だ！　ドイツ兵が来るぞ！」

おかみさんの手から鍋が落ちました。

「姿を見られた？」

「いいや、見られてはいないが、あと数分でここに来る」

「ドアに吊るしてある袋のなかに、ビスケットと堅パンが入ってる」私たちを裏口から逃がしながら、おかみさんは言いました。「みんな先に逃げて。さあ、急いで！　東の方角を目指すんだよ。松林の向こうに飼い葉小屋があるから」

「お母さんは？」神父が尋ねました。

「後から追いかける」

長老は粉雪の積もる山道を苦もなく歩き、二手に分かれるように言いました。彼とマリアとその両親が先を行き、エーリヒと神父と私が少し距離をおいて追いかける。絶対にはぐれないように、そしていつでも撃てる準備をしておくように、と念を押して。エーリヒは何度も振り返り、後ろからドイツ兵が追いかけてこないか確かめては、マリアの父親と合図を送り合っていました。少し進んだだけで、私は足取りが重くなりました。あの獣のような連中におかみさんがひどい目に遭わされているのではあるまいか、いや、もう殺されてしまったかもしれないと思うと、居ても立ってもいられず、撃ち殺してやりたくなりました。

しばらく進んだところで、神父が突然立ち止まり、みんなで祈りを捧げようと言いました。すると長老が、馬鹿なことを言うなと一蹴しました。

神父は私のそばに来て、自分はこのあたりの山々を隅から隅まで知っている、幼い時分から父に連れられ、姉と三人で頂上まで登っていたと話していました。

「おかみさんは追いつくかしら？」

「大丈夫、連中になにもされなければ、すぐに追いつきますよ。身体こそ重くなりましたが、足腰はまだしっかりしていますから」

飼い葉小屋にたどり着くと、長老に指示されたとおり、私たちは中の人たちに聞こえるように、

「平和」という言葉を大きな声ではっきり発音しました。エーリヒが足もとを指差すので見ると、地面にいくつもの靴跡がありました。ドイツ兵はここにも来たのです。小屋のなかには誰もおらず、ドアはこじ開けられ、屋根も一部壊されていました。踏み荒らされた落ち葉の寝床や秣が、床に散らばっていました。

「上から順に掃討してきたらしい」マリアの父親が言いました。「見つかったら命はないぞ」

「見つかりっこない」長老の言葉には、有無を言わさぬ威厳がありました。「いま頃はもう、山裾まで下りてるだろうよ」

私たちは一人ずつ順に飼い葉小屋のなかに入りました。兎のように身を寄せ合って、やっと全員がなかに入れました。マリアの父親は、娘の手をしっかりと握っています。私たちはみんな無言でした。夜になると、神父がまた祈りを捧げるようにと言ったので、私たちは言われたとおりにしました。彼の唱えるお祈りの文句を、みんなでしぶしぶ繰り返したのです。マリアはいつもの虚ろな眼差しで私を見ていました。


おかみさんが飼い葉小屋にたどり着いたのは翌朝のことでした。寒さでひび割れた唇に得意げな笑みを浮かべ、ゆっくりとした足取りで。私たちは、おかみさんが死んだのではあるまいかと心配で、疲れていたにもかかわらず寝つけなかったのですが、束の間、不安も吹き飛びました。

「神様がここまでお導きくださったんだね！」神父は大きな声でそう言いながら、母親に駆け寄りました。

「なにが神なもんかい。この二本の老いた脚があたしをここまで連れてきてくれたんだよ」おかみさんは豪快に笑っていました。

私たちも駆け寄って抱きしめると、彼女はかろうじて持ち出せたわずかばかりの食料を差し出しました。湯がいて食べる野草を一束と、豚の背脂《ラルド》を一塊、ポレンタを一袋と、ワインの丸底瓶《フィアスコ》一本。

「あんまり持ってこられなかったよ。今日一日か、もってもせいぜい二、三日だろうね」

小屋に入ってきたおかみさんは、その惨めな状況を前にしても打ちのめされた様子はなく、こんなにくっついていれば凍え死ぬ心配はなさそうだね、と言いました。私はおかみさんの顔を見て、笑おうとしました。彼女のその気丈な精神が、神父の信仰心よりもよほど貴重に思えたのです。

「ドイツ兵は、あんたを捜しにきたんだよ」詰《なじ》るような口調で息子に言いました。「あんたがフランチェスカと結婚してたら、こんなことにはならずに済んだのに」

「お母さん、私は神を伴侶としたのです」このときもやはり、神父はそう答えました。

「脱走兵を匿っていないか隅々まで調べられたんだ。引き出しや箪笥のなかまで引っ掻きまわされてね」そこで丸底瓶《フィアスコ》からワインを一口すると、みんなに順繰りに瓶をまわしました。「いくらいないと言っても信じてもらえなかった。壁に立てかけてあったマットレスを見たもんだから、また来ると言い捨てて、山を下りていったよ」最後のほうはさすがのおかみさんも陰鬱な面持ちでした。

私たちは口をつぐんだまま互いに顔を見合わせていましたが、おかみさんはみんなの不安を払いのけるために、豚の背脂《ラルド》を一片ずつ切り分けてくれました。「連中は、出ていく前に食器棚を漁り、なけなしの食料を奪っていったんだ。だけど、ポレンタの袋は気づかれずにすんだから、明日、誰か残りを取りに行って、家に戻っても大丈夫か見てきておくれ」おかみさんは豚の背脂《ラルド》を嚙みながら言いました。

「連中は本当にまた戻ってくるだろうか」エーリヒが尋ねました。

「どこかでくたばっちまえばいいのにね」それが彼女の返事でした。

おかみさんにはみんなの恐怖心を和らげる力がありました。もしかして、ずっと一緒にいたら、いつか私もあんなふうになれたかもしれません。誰にでも母親のような愛情で接し、家や食料、暖炉の温もりといった、持てる物すべてを分け与えることのできる人でした。

豚の背脂《ラルド》を食べ終わると、エーリヒとマリアの父親は連れ立って薪を探しに出掛け、長老はいつものとおり戸口で見張りをしていました。握りしめた猟銃の照準を、前の晩私たちが通ってきた坂道に定めて。

周囲で集めてきた枝は霜で湿っていたせいで、なかなか燃えず、飼い葉小屋のなかに煙が充満し、咳き込むほどでした。

夜が明けるのを待ち、長老が一人で農場に戻ることになりました。

「俺も一緒に行く」マリアの父親がくすんだ瞳で言いました。

「おまえはここに残れ。二つの命を一度に無駄にするなんてナンセンスだ」

長老は、日も暮れた頃になってようやく戻ってきました。薄暗がりから「平和」という合言葉が繰り返されるのが聞こえ、壊れかけた戸を開けると、長老が重い足取りで入ってきて、なにも言わずに孫娘のマリアの隣に座ったのです。そして猟銃を床におろし、火の前で両手をこすり合わせました。

「母家も家畜小屋も跡形もなくなったよ。あの人でなしどもめ、火を放ちやがった」

15

私たちは結局、三か月近くもその飼い葉小屋で身を潜めていました。マリアはよく熱を出し、私は、ぼろぼろになった藁布団の上で息絶えている彼女を見つける夢を見たものです。しだいにみんな骨と皮ばかりに痩せ細り、顔もげっそりと落ち窪んでいきました。唯一の利点は、あまりに憔悴していて、恐怖も感じなくなっていたことでした。食べるものといえば、柏槇《びゃくしん》の実や湯がいた野草くらいで、それすら何日も連続して食べられないこともありました。マリアの父親の従兄弟たちから届くポレンタもしだいに量が減り、昼と晩におたま一杯ずつがせいぜいでした。あとは、食料調達の当番が持ち帰るもの次第。肉やチーズの塊を分けてくれる農家はもうありません。ドイツ軍の掃討を逃れた者たちは、誰ともかかわりを持とうとしませんでした。札束を鼻先に差し出しても、老いた雌鶏のほうがよほど価値があると言われるのが関の山でした。

四月の末、マリアの父親がエーリヒを連れて従兄弟たちに会いに行くことになりました。いずれ死ぬのなら、飢えに苦しみ、狼にずたずたに引き裂かれるより、銃で頭を一発撃ち抜かれたほうがましだと考えてのことでした。あの山奥でもちこたえるには、終わりの定まった時間にしがみつく必要がありました。あと何日の辛抱だからと逆算せずには生きられなくなっていたのです。いまいる場所以外の世界が、私たちの記憶から日ごとに薄れていくような感覚でした。

その日、従兄弟たちは、ポレンタだけでなく、砂糖と林檎酒《シードル》の瓶を一本分けてくれました。ですが、なによりの収穫は、間もなく戦争が終わるだろうという報せでした。

「アメリカ軍がヨーロッパの各地を解放してまわっている。ヒトラーは降伏寸前らしい。あと少し、おそらくほんの少しの辛抱だ」そう教えてくれたのです。「歯を喰いしばって耐えるんだ。次は一緒に山を下りられるぞ!」

エーリヒとマリアの父親は、交互に林檎酒《シードル》を飲みながら飼い葉小屋に戻ってきました。剛《こわ》い鬚の下から笑みがこぼれているのがわかりました。みんなで抱き合って喜び、長老は猟銃を高く掲げました。おかみさんは、お祝いに砂糖入りのポレンタを作るのだと言って鍋にお湯を沸かしはじめました。

「これだけあれば、一人おたま山盛り一杯は食べられそうだね!」両手で袋の重みを量りながら、声を弾ませていたのです。

「手伝いましょうか？」私は声をかけました。

「大丈夫。それよりマリアを連れて、外を散歩してらっしゃい。少しは身体を動かさないと、健康に悪いから」そんな答えが返ってきました。

マリアは早くも戸口のところへ行き、散歩をねだる仔犬のような目で私を見ています。そこで私は、マリアを連れて松林のほうまで歩きはじめました。私たちの後ろから、エーリヒと神父がついてきました。二人もやはり、家に帰る日のことを思い描いているようでした。私があげたマフラーを首に巻いたマリアは、とても愛くるしかった。マリアの顔に、私はついあなたの面影を探していました。

散歩道はあらかじめ決められていて、そこから逸れてはいけない決まりになっていました。そうしておけば、万一誰かが戻らなかった場合、どこを捜せばいいかわかります。私たちは四人でいつもの川までやってくると、いつものように新しい葉を集めました。藁布団の中身を交換するためです。マリアは枝を剣《つるぎ》に見立てて、私と騎士ごっこをしたがりました。彼女にとって、私は唯一の遊び相手だったのです。その日、私たちはふだんよりのんびりと散歩をしました。そして、もう陽もすっかり高くなった頃、いつもと変わらぬ空腹を抱えて小屋に戻りました。マリアは砂糖入りのポレンタの味を想像しながら、頰に人差し指を当てていました。

小屋のなかで、おかみさんが呆けた子供のような表情で横たわっていました。倒れたときの重みでか、床板が割れ、首すじからゆっくり流れ出る血が、床に奇妙な模様を描いています。猟銃を握りしめた長老の軀《むくろ》には無数の弾痕があり、その胸の上には娘の手がおかれていました。マリアの父親は眠っていたところを撃たれたらしく、藁袋の上に横たわり、毛布まで血だらけでした。新しくしようと集めてきた葉を取り替える間もありませんでした。

その晩、神父がミサを捧げはじめると、私は聞いていたくなかったので、その場を離れました。神父が話しているあいだ、私は拳銃を握りしめて戸の外で見張りをしていました。ふたたび血の臭いを嗅いだ私は、敵を撃ち殺してやりたいという衝動に駆られていたのです。

翌日、私たちは交代で穴を掘りました。四つの穴を掘る力はなく、一つの穴に四人を積み重ねるようにして横たえるしかありませんでした。

それからは、神父もつねに猟銃を抱き、ひざまずいて祈ることもやめました。おそらく彼も血の臭いを嗅いだのでしょう。マリアは私の横から離れませんでした。私は、見たこともない海とカモメの御伽噺《おとぎばなし》を語って聞かせました。おかみさんが作ってくれた砂糖入りのポレンタを少しでいいから食べるようにと言って聞かせたのですが、マリアは頑《かたく》なに拒みました。

小屋では誰も口を利く気力がありませんでした。五月のある日、いつもの秘密の場所に食料を取りに行ったエーリヒが、山から下りても大丈夫だという報せとともに戻ってきました。戦争が終わったのでした。

第三部　水

I

マリアの手を握り、草の緑と陽射しの黄金色《こがねいろ》が一歩ごとに濃くなる大地を踏みしめながら、私たちは山を下りました。寒さと、上ではまだときおり降る雪と、墓穴で眠る友たちを背に。エーリヒが先頭を歩き、その後ろから長老の猟銃を肩に担いだ神父が続きます。もう震えてはいませんでした。飼い葉小屋で過ごした最後の数日、神父は夜中に何度も寝返りを打っていました。彼の平穏は、みんなの平穏とともに終わりを告げたのです。

道が二手に分かれる谷間まで来ると、神父が立ち止まりました。「私たちはあちらの道を行きます。マッレスに向かいますので」

マリアは私の手から細い指を振りほどき、呆然とした眼差しで私を見つめました。

「この子は、私のところで面倒をみるつもりです」と神父は言いました。「教会の掃除や、鐘撞きを手伝ってもらおうと思っています」

やがて、二人の姿は茂る木々のあいだへと消えていきました。葉むらからは不思議な光がこぼれていました。

私とエーリヒは無言で道を下っていきました。山奥を目指したときと同様、二人きりで。クロン村が見えてくるまで、私は彼の手を握っていました。森が途切れる手前で、あたりの様子を用心深くうかがいました。拳銃をポケットにしまうか、引き金に指を当てたままでいるべきか、決めかねていたのです。雲が次第に晴れてきて、空には鮮やかな青とうららかな光がひろがるばかりでした。道のそこここに村人たちの姿が見えました。あたかも戦争なんて昼の光によって散らされた悪夢にすぎなかったかのように。焼きたてのパンの香りまで感じられる気がしました。

懐かしい我が家が見えてくると、足が独りでに走りだしていました。私は真っ先に窓という窓を開け放ち、ようやく戦争のにおいがしなくなった空気で部屋を満たしたいと思いましたが、戸口でいったん立ち止まり、振り返って村を眺めました。そこには山裾で牛や羊たちが草を食み、新鮮な秣を運ぶ者たちの荷車が森の手前に並ぶ、いつもと変わらぬ光景がありました。エーリヒが疲労で充血した目で私を見つめています。伸びたごわごわの鬚はすっかり白くなっていました。

火の消えた煙草を指のあいだに挟み、手足をだらんと投げ出して椅子に座っていたのは、ミヒャエルでした。まるでそうして死でも待っているかのように。テーブルの上にはひとつかみの煙草の葉と、破れてしわくちゃになった総統《フューラー》の肖像写真が置かれていました。

「僕はここを出ていくべきかな？」私たちの顔を見ようともせずに、ミヒャエルは尋ねました。

「その写真をどこかへやってくれ」エーリヒが命じました。

ミヒャエルはそれを私に差し出すと、ようやく顔をあげ、「死んだよ」と、ヒトラーを指差してつぶやきました。

顔の皮は引きつり、肩はがっくりと垂れています。服からはナフサのにおいがしました。

「あの日の夜のうちに出発を命じられて、逃げ道を教えに戻ってこられなかったんだ」

「いいから、服を着替えてらっしゃい」私は彼に言いました。

エーリヒは、汚れた服を脱ぎもせずに向こうの部屋で眠ってしまったようでした。そして、そのまま丸二日、眠り続けていました。私は壁の隅に毛糸玉のように垂れ下がっていた蜘蛛の巣を払い、窓ガラスに張りついた蠅の死骸を取り除いてから、買い物に出掛けました。パンとミルクを付けで買ったのです。とにかく温かなミルクが飲みたかった。それからフロリアンの農場とルートヴィヒの農場を順にまわり、二人も、預けた牛や羊たちも、みんな奇跡的に無事でいることを確認しました。

牛や羊たちを連れて泉に寄ってから、家畜小屋に連れて帰りました。小屋に棲みついていた鼠を箒で追い払い、秣を何袋か分けてもらいに行きました。途中、負傷した人たちにすれ違いました。片足を失った人、片腕を失った人、目に傷を負った人……ひと目では誰かわからないほど変わり果てた姿をし、松葉杖を頼りに歩いていました。自分たちだけがそんな目に遭わずに済んだことが無性に恥ずかしく、直視できませんでした。村人たちの頭上から爆弾が降り注ぎ、機関銃で追い立てられているあいだ、私とエーリヒはおかみさんの暖炉の前にいたのです。道端でビールを飲み交わしながら祝っている人たちもいました。なかには、一九三九年にドイツ国《ライヒ》に移住することを選んでおきながら、いまになって、国籍を失い、しょげ返ってクロン村に戻ってくる連中なんてぶちのめしてやると息巻く者もいました。居酒屋では、村がこのままイタリア領となると知って悪態をつく者もいました。オーストリア帝国はもはや存在せず、ナチズムが村人を救うこともなかった。ファシズムが終焉を迎えても、村はもはや以前とおなじではないのです。

私はマヤに会いに行き、抱き合って再会を祝いたいと思う一方で、このままずっと隠れていたいとも思いました。喉の渇きを氷で凌ぎ、背後から人を撃った私は、もはや彼女の知っているトリーナではなくなってしまったような気がしたのです。それでもなんとか勇気をかき集め、生い茂る草のあいだを縫う砂利道を歩きはじめました。そして、マヤの家のドアをノックしたのです。「娘は、昨年、この家を出ました」マヤのお母さんがそう教えてくれました。私が誰だかわからないようでした。「いまはバイエルンで小学校の先生をしています」

山で書き溜めた手紙をマヤに送りたいと思ったものの、結局、そのまま手許においておくことにしました。そして、夜になるとときおり、その手紙や、あなたに宛てた文章を綴ったノートを読み返していました。けれども、どうしても寝つけなかったある晩、バルバラに宛てた手紙と一緒に、すべてを破り捨てました。沈黙によって築かれた壁を前に、言葉はなんの力も持たないのです。もはや存在しないことしか語られていないのですから、跡形もなく消えたほうがましでしょう。

私とエーリヒは、以前と同様、決して楽とはいえない暮らしを少しずつ取り戻していきました。残ったのは、羊が六頭と雌牛が三頭だけ。父の工房を再開したミヒャエルに養ってもらっているようなものでした。戦争によってもたらされた破壊が、私たちの暮らしを救ったのです。テーブルや椅子、机といった家具を誰もが必要としていました。エーリヒが工房に通い、ミヒャエルを手伝いました。そのため、一九四五年の夏、畑を耕し、牛や羊の放牧をするのは、またしても私の仕事となりました。牧草地で一人、パンとチーズのお弁当を食べる生活がふたたび始まったのです。果てしなく続く山裾や、風になびく草をのっそりと食む牛たちを眺めていました。まるでまだ雪の上を歩いているかのように、あるいは泥にまみれた枯葉の上で寝ているかのように、感覚が麻痺していました。放牧地には老いた赤毛の犬がうろついていて、よく私の手を舐めては、隣にちょこんと座るのでした。私はその犬の尻尾を撫で、ときには食べ物をちぎって分けてやることもありました。犬は群れの周囲を駆けまわり、牛たちは犬に従います。私はその犬をフレックと名付け、家に連れて帰ることにしました。連れがいれば心の慰めになると思ったのです。

ある朝、私は木立のあいだであなたの姿を見かけました。あなたは子供のままだった。私は牛と羊をフレックに任せて、あなたを追いました。何度も名前を呼びましたが、あなたは背筋を伸ばし、ゆっくりとした足取りで歩き続けます。Tシャツ一枚の薄着で、裸足でした。私は徐々にスピードを速め、しまいには、あなたの名前を叫びながら全速力で走っていました。私の嗄《しゃが》れ声が唐松の木立のざわめきのなかに消えていきます。あなたはゆっくりとした足取りで歩いているのに、私たちを隔てる距離は一向に縮まりません。私は息が苦しくなり、足もとがふらつくまで走った挙げ句、一本の木にもたれかかりました。その木を拳で叩きながら、私たちの苦悩はすべてあなたのせいだと叫んでいました。ミヒャエルがナチスに傾倒したのも、私がドイツ兵を撃たなければならなかったのも、なにもかもあなたが悪いのだと。そして、家に帰ったら、まだ処分できずにいるあなたの玩具《おもちゃ》を捨てようと心に誓いながら、森をあとにしました。父が作ってくれた木の人形も、ストーブにくべるつもりでした。

2

日曜ごとにエーリヒはミサに行きました。ときには私もついていき、いちばん後ろの長椅子に一緒に腰掛けることもありました。何年も昔、マヤやバルバラと並んで座っていた場所です。ある日、エーリヒが私に言いました。「ほら、君も乗って」そして、二人乗りで工事現場まで自転車を漕いだのです。

あとを追いかけてきたフレックは、目的地に着くと、はあはあと舌を出して私たちの顔を見あげていました。鵟《のすり》の鳴き声やせせらぎ、犬たちの吠え声が響いていました。やわらかな木陰を別として、すべてに陽射しが満ちあふれていました。エーリヒは煙草を吹かしながら、険しい眼差しで、川の水を人工的に堰《せ》き止めた場所や、放置された採石場、古いバラックなどを観察していました。かつて大勢の土木作業員が寝泊まりしていたバラックも、いまや板が剝がれていました。「みんなの言ってたとおりね。ダムなんてしょせん造れっこなかったのよ」私はそう言いました。

「たまたま運がよかっただけだ、トリーナ」

私たちは互いに顔を見合わせ、長い溜め息をつきました。工事の残骸を前に、エーリヒは私を抱きしめて喜ぶべきなのか、あるいは生来の疑り深い殻に閉じこもったままでいるべきなのか、わからずにいるようでした。

「すべてが撤去されて……」クレーン車や土砂の山を指差して彼が言いました。「掘った溝が埋め戻されたあとに、ふたたび草木が生い茂った暁には、ダムのことを本当に忘れられるかもしれないな」


ミヒャエルの工房には来る日も来る日も新しい家具の依頼が舞い込み、価格を低めに設定していたお蔭で、支払いが滞ることもあまりありませんでした。そして、私もついに正規の教員として働けるようになったのです。南チロルでは、イタリア語の学校とドイツ語の学校の二つが併存することになりました。私の教師としての月給と、家具工房の収入とで、暮らしも少し楽になりました。

エーリヒは口癖のように言っていました。「金がいくらか貯まったら、雌牛を何頭か買い足して、種をつけさせ、家畜小屋を仔牛でいっぱいにする。牛も羊も高地放牧に連れていき、頃合いをみて市場でいい値段で売るんだ」

ほかの村人たちと同様、私たちも、戦争で疲弊しきっていたと同時に、再生への希望に満ちあふれていました。力が漲《みなぎ》っていると感じられる日々には、雨粒が屋根に当たる音を聞きながら、マヨルカ焼きのストーブの前で暖をとり、もはやなんの不安もなく、物語を語り合う自分たちの姿を想像するのが好きでした。


ミヒャエルとエーリヒは、口論を避けるため、なるべく話さないようにしていました。ミヒャエルは相変わらず総統《フューラー》の死を嘆き、南アメリカへの脱出をもくろむナチスの指導者に偽造パスポートを入手させる手伝いをしていたようです。エーリヒは、そんなミヒャエルをなにも言わずに家に迎え入れ、一緒に食事をし、仕事を手伝っていましたが、昔のような愛情を注ぐことはありませんでした。日々の生活は、愛情よりも理屈で成り立っていたのです。

ある夜、ミヒャエルがグロレンツァ村の娘さんをうちに連れてきました。彼女の父親から椅子の修理を依頼されたことをきっかけに二人は知り合い、結婚を考えているのだと言っていました。そして、私が若い頃、父の手伝いをしていたように、彼女が工房の経理を手伝うことになるだろうと。物腰のやわらかな娘さんで、なにか言う前に「すみません」と断り、終わりには、「……と思うのですけど」と遠慮がちに付け加えるのでした。名前はジョヴァンナと言いました。

「祖父ちゃんたちの家に住みたいと思うんだ」と、ミヒャエルが言いました。

「だったら、お祖母ちゃんにお願いしないといけないわね」私は言葉少なに答えました。母は元気で、変わらずソンドリオ村のペッピの家で暮らしているのか、いまだに確かめられずにいたのです。

ミヒャエルはうなずき、迷いのない口調で言いました。「祖母ちゃんを捜しに行ってくる。結婚式にも来てもらいたいから」

私は、しょせん口先だけだろうと思っていましたが、ある日、ミヒャエルは私を連れて本当にソンドリオに行くことにしたのでした。途中、私たちは居酒屋に寄って食事をしました。ミヒャエルは私を女王様のように扱ってくれました。ワインを注いでくれ、頭がくらくらすると言うと、笑いながらまた注ぐのでした。見知らぬ居酒屋の隅っこのテーブルの、私たちをぼんやりと照らす薄暗い電灯の下で、そんなふうにミヒャエルと一緒にいるなんて、私にはとうてい現実だとは思えませんでした。私は、ミヒャエルの顔や、ふてくされた少年のようにうるんだ大きな目を見つめていました。肉料理がものすごくおいしいとか、とてもいい店だとかいった当たり障りのない話をするだけで、それ以上はなにを話したらいいのかわかりませんでした。おそらく戦争の後というのは、それまで見たことや経験したことのすべてを死者と一緒に葬り去り、生き残った私たちまでもが瓦礫《がれき》の山と化す前に、全速力で逃げ出す必要があるのでしょう。さもないと、死霊たちと最後の戦いを繰りひろげることになりかねません。私は、ミヒャエルとそんなふうにとりとめもない話ができることに喜びを感じていました。たとえミヒャエルがナチスの残忍な殺人者だったとしても、私にはテーブルを挟んで彼と向き合って食事を続け、私もまた人を殺したのだと打ち明けることぐらいしかできなかったでしょう。

「僕をまだ赦してないんだろ？」食べ終わった皿を脇にやりながら、ミヒャエルが尋ねました。「信じてもらえないだろうけど、僕は本当に逃げ道を知らせに戻るつもりだったんだ」そうして戸惑いがちに皿の上のタルトにナイフを入れました。

それが彼の正直な言葉なのか私にはわかりませんでしたが、真実を突きとめることにはもはや興味がありませんでした。むしろ真実がどこにあろうと構わなかった。「私たちが逃げたと知られたら、あなたに危害が及ぶだろうと思うと、怖かった」私はそう言いました。

「僕は自ら志願したから、なにもされずに済んだよ」

私たちが居酒屋を出る頃には、もう客がほとんどいませんでした。車を走らせながらミヒャエルは、「子供の頃、よく竜胆《りんどう》を摘んで花束にして持って帰ったけれど、母さんはいつもどこへ飾っていいかわからずに困っていたよね、憶えてる？」と尋ねました。そして、ドイツ軍の検問所のあった場所を指し示し、少し前まで、そのあたりには機関銃を手にした兵士が大勢いたのだと話してくれました。そのほか、コマッキオ盆地の林のなかでパルチザンを捕まえたことや、戦友たちが目の前でパルチザンに殺されていったことなどを訥々《とつとつ》と語りだしました。

「仲間の遺体さえ返してもらえなかったんだ」歯を食いしばりながら、そうつぶやいていました。

ソンドリオ村のガリバルディ広場は多くの人の往来があり、そこでもみんな、戦争のことなどすっかり忘れた顔をしていました。もしも父がまだ生きていたならば、ようやく平和の空気を味わうことができたでしょうに。

私たちは何軒かの商店をまわりました。ミヒャエルがガラスのドアを開け、中をのぞいてから、私がイタリア語で、「ポンテ夫妻を捜しているのですが、どこに住んでいるか知りませんか？」と尋ねたのです。

ところが、ソンドリオにはポンテという名字が何軒もあったため、私たちは街なかを何時間もさまよう羽目になりました。

「これだけ歩いても見つからないのだから、もう死んでしまったのかもしれない」私はミヒャエルの腕にすがって言いました。

「母さんもだんだん父さんに似てきたね。物事を悪いようにしか捉えられないなんて」ミヒャエルは前方を見据え、呆れたように言いました。

暗くなるまで捜しまわったものの、手がかりはありませんでした。ミヒャエルは、いまからクロン村に帰るのは無理だと言い、私を昼とは別の食堂《トラットリーア》に連れていってくれました。けれども私は、ホットミルクを一杯飲んだだけでした。店の主《あるじ》を相手に、街のあちこちで尋ねたのに、誰も私たちの捜しているポンテ夫妻を知らないなんてあり得ないとこぼしたところ、彼が尋ねました。

「弟さんの奥さんの名前は？」

「イレーネ」

主は眉間に皺を寄せ、何度かその名をつぶやくと、手でカウンターをぽんと叩き、だったら知ってると言ったのです。

「あんた方が捜してるポンテ夫妻だったら、スイスにいるよ。彼らのことはよく憶えてる。一九四四年、戦火を逃れてルガーノに移り住んだんだ。おそらくこの村にはもう戻らんだろうね」

店の主の好意に甘えて、私たちはその晩、泊めてもらうことにしました。私もミヒャエルも寝間着すら持っていないうえ、息子とひとつのベッドで寝ることに気詰まりを覚えましたが、布団に入ったら、結婚相手のジョヴァンナのことを話してもらおうと思っていました。一度会ったきりだったので。ところが、明かりを消した次の瞬間、ミヒャエルは石のように眠っていました。


翌朝、私たちは夜明けを待って出発しました。ルガーノに着くと、なめらかな湖面にどんよりとした灰色の空が映し出されていました。役場で住所を教えてもらって訪ねていったところ、郊外の家で、母と、母の従妹《いとこ》のテレーザ、イレーネとペッピ、そしてまだ幼い子供の五人が身を寄せ合って暮らしていました。とても小さな家で、正面の壁にはいくつもの亀裂が入っていました。母はミヒャエルを抱きしめ、「殺されてしまったのかと思ってたよ」と言って笑いました。私には、まるで昨日会ったばかりというような挨拶をし、軽く頬に触れただけでした。ペッピは不器用な父親で、子供に離乳食を与えるたびに、べーっと吐き出されていました。

みんなでコーヒーを飲みました。大麦やチコリといった代用品ではない、正真正銘のコーヒーです。ミヒャエルが、結婚することにしたと報告すると、母は私を隅に呼んで言いました。「トリーナ、私はここに残ろうと思う。ペッピは手伝いを必要としているし、従妹は身寄りがない。

なによりここなら平穏に暮らせるからね。あんたたちもクロン村を出たほうがいいんじゃないのかい」

エーリヒが兵役を逃れたために、二人で飼い葉小屋で息を潜めて暮らしていたことも、ドイツ兵を撃たなくてはならなかったことも、母はなにも尋ねませんでした。いつの間にかすっかり年老いて、瞳の色は褪せ、顔はまるで枯葉のように皺だらけでした。それでも、多くの心配ごとに日々を呑み込まれないよう、懸命に闘っていました。

「心配ごとはペンチのように胸を締めつける。あまり抱え込んではいけないよ」昔、川で洗濯をしているときや、夜なべで編み物をしているときなど、母はよくそんなふうに言っていたものでした。

クロン村も家も、確かに母の人生そのものでしたが、それでも母は、そうした記憶やルーツにがんじがらめにされる前に、距離をおくことのできる人でした。年寄りたちがよくそうするように、昔はよかったと繰り返すこともせず、父の話をするときでも、かつての日々を懐かしむというより、おまえさんが私をおいてさっさと逝ってしまったから、いままで独りで生きてこなければならなかったんだと、文句を言っているようでした。母は、なににも縛られることのない女性《ひと》でした。

結婚式には、ミヒャエルの友人が何人かと、ジョヴァンナの従姉妹《いとこ》たち、そして近隣の農家の人たちが集まりました。祝宴のあいだじゅう、エーリヒはジョヴァンナのお父さんと話していました。ミヒャエルは石頭だが、心が広いなどと言って。カールが店を貸し切りにして、去勢羊肉《カストラート》のローストを調理し、古いワインのボトルを開けてくれました。ジョヴァンナの従姉妹たちはダンスを踊り、母にもワルツを踊らせてくれました。母は、新郎新婦が自分たちの家に住んでくれることが嬉しくて、目に涙を浮かべていました。

「おまえさんたちが使ってくれなければ、鼠の棲みかになるところだったよ」二人の手を握り、そう言っていました。

カールの居酒屋の窓からはクロン村が一望できるのですが、私はそのときほど村を美しいと思ったことはありませんでした。戦争も終わり、私とエーリヒはまた暖かな場所にいる。大切な人たちの命を奪われることもなかった。受け容れ難いことばかりだったけれど、すべてが過ぎたことでした。もう考えないようにすれば、それでよかったのです。

3

一九四六年一月のある日のこと、凍てつく霧が空気中に漂っていました。通りでは、市場からの家路を急ぐ女たちが鼻までマフラーで覆い、塀すれすれのところを歩いていました。畑では、農民たちが鍬《くわ》をおき、器の形に合わせた両手に息を吹きかけては、家に帰って暖かなストーブに当たれるまでの時間を数えていました。その報《しら》せをもたらしたのは、村を立ち去る前にカールの居酒屋に寄ってワインを二、三杯飲んでいた果物の行商人でした。

私とエーリヒは慌てて靴を履き、急いで見にいきました。エーリヒは息を切らせ、私は雪に気をとられながら。すると、本当にまた地面を掘りはじめていたのです。ブルドーザーやショベルカーが数十台集結していて、掘った土をトラックに積み、縁までいっぱいにしては、それを空けに行く。みるみるうちに土が山のように積みあがり、私たちの目の前には巨大な穴がひろがっていました。これまでに見たことがないほど大きくて深い堀でした。測量技師たちが水路の通る場所に線を引いています。さらに先へ目を向けると、どこからとも知れず湧いて出た数百人規模の土木作業員が、倉庫や修理工場、食堂や宿泊所、事務所や作業所となるプレハブを組み立てていました。そこかしこで、鋼鉄のぶつかる音やエンジン音が空気を震わせていました。いったい誰に送り込まれたのか、いつ工事を再開したのか、イタリア人の作業員に訊けとエーリヒに言われたので、作業員の近くを通りかかるたびに尋ねたのですが、どの人も一瞬顔を上げるだけで、返事もせずに黙々と手を動かすばかりでした。

工事現場の横に一軒のプレハブがありました。ドアが開け放たれていたので、机が見え、その上にファイルと書類が積まれているのがわかりました。

「立ち入りは禁じられている」帽子を目深《まぶか》にかぶり、葉巻をくわえた男がドイツ語で制止しました。

「工事が再開したのですね？」

「そうらしいな」男はせせら笑い、ドアをばたんと閉めました。二人の警察官が、工事現場には近づくな、立ち入り禁止の線を越えてはならない、と私たちに注意しました。

家へ帰る道々、私はずっと下を見ていました。イタリア政府が新たに土木作業員を派遣し、ダム建設を再開したのなら、統帥《ドゥーチェ》や戦争やヒトラーが再来し、ふたたび兵役を逃れて雪のなかをさまよう日々が戻らないとはかぎらない。要するに、過去の出来事はいつか完全に過ぎ去るというのは虚しい幻想にすぎず、癒えることのない傷が残るのは避けられない運命だったのです。

エーリヒはただちに家々を一軒ずつまわり、村人たちに知らせに行きました。いましがた目にしたことを昂奮した口調で語りながら。巨大な堀に、数百人規模の土木作業員、プレハブの前に立ちはだかった軍警察《カラビニエーリ》、そして次々に立てられるコンクリート柱……。村人たちは、そんなもの放っておけばいいと言いました。もう三十年以上、結局なにもできあがらないままじゃないか、連中がどうしてもやりたいのなら、アブルッツォ人は勝手に配管を繋いだり外したりしていればいいし、ヴェネト人もカラブリア人も、フェンスで囲ったり撤去したりを繰り返していればいいと言ったのです。老人たちは老人たちで、わしらはもうすっかり年を取り、くたびれているから、腕まくりして闘うのは若者に任せると言うのでした。一方、村に残っていたわずかばかりの若者たちは、「これでまたひとつ、ここを出ていく理由ができた」と言うだけで、エーリヒの話をまともに聞こうともしません。そこでエーリヒは、女衆に話をしました。ところが彼女たちは、神様がそんなことをお許しになるわけがない、アルフレート司祭が私たちをお守りくださる、クロン村は司教区だから心配は無用だ、などと言い、首を横に振るのでした。エーリヒの話に耳を傾けたのは、ふだんあまり人前に姿を見せない一人の帰還兵だけでした。

「もしも連中がダムの建設を進めるのなら、前線から持ち帰った拳銃を引っ張り出し、製造の仕方を憶えた爆弾を造って仕掛けようじゃないか」と彼は言いました。「モンテカティーニのお偉方も、せいぜい気をつけるんだな。いまや村には武器があふれてる」

夕食のあいだ、エーリヒはひと言も口を利きませんでした。私は、スープを飲んでいる彼に、この呪われた土地を出ていかないかと改めて問いました。独裁政治が相次ぎ、ようやく戦争が終わったと思っても、平穏が訪れる気配すらないのだから、と。すると彼は私を横目で睨み、これほど長いこと一緒に暮らしてきたのに、俺が木蔦《きづた》のようにこの土地にしがみついている理由が君にはまだわからないのかとでも言いたげに、顎をしゃくりあげ、窓の外を見るよう促したのです。天井に向かって煙を吐きながら。私は壁にもたれ、彼のことを見つめていました。

エーリヒは疲れ果ててベッドに身を投げ出し、腕枕をして、煙草を吹かしはじめました。

すると、あの人は藪から棒に言いました。

「トリーナ、俺にイタリア語を教えてくれ。言葉がわからなくては話も聞いてもらえない」

その日からというもの、毎晩、食事が済むと私たちは机に向かい、思索を書き留めたり、単語帳を作ったりしました。子供の頃のあなたにしたように、あるいは潜伏生活でマリアに聞かせたように、エーリヒに物語を読んで聞かせることもありました。そうやって二人で何時間もイタリア語を勉強したのです。エーリヒが畑仕事を終えて帰ってくると、私は盥で彼の背中を流してやります。それから彼は、たいそう真剣に授業に取り組み、私が少しでもぼんやりしていると、すかさず続きをうながし、必死になってイタリア語で自分の考えを伝えようとしました。私は動詞や名詞のリストを作り、バルバラの家でよく聴いていた歌を歌って聞かせ、様々な言いまわしを教えるのですが、翌朝になるとエーリヒは大方忘れているのでした。

「俺には憶えられん」落胆して机に突っ伏し、拳で膝を叩きながら弱音を吐くこともありました。

その姿はさながら、強迫観念に押しつぶされた老いた子供のようでした。

4

両膝の前に削岩機を構えた土木作業員たちは、土埃に巻かれながらトンネルを掘り進み、数週間もしないうちに、鉄条網の内側で作業をする者の姿は見えなくなりました。採石場からは石を山積みにしたトラックが次々と到着し、土砂を降ろすトラックもありました。何台ものコンクリートミキサーが列になってセメントを混ぜ、左官たちがそれをブロック状にし、堤防や控え壁、水門を築いていくのです。そのうちに、帽子を目深にかぶった男がときおり足を止めては、エーリヒと二言三言、言葉を交わすようになりました。エーリヒの傍らに立ち、葉巻に火をつけて山々を眺めているのです。彼はイタリア人でしたが、流暢《りゅうちょう》なドイツ語を話しました。

「君、奥さんのところへ戻りなさい。工事は何年も続く予定だ」

「ここから出ていってほしい」エーリヒは引き下がりません。

すると男は引きつった笑みを浮かべ、目は山の稜線に向けたままで、煙の輪を吐くのでした。

「よかったら、入ってくれ」プレハブ小屋に向かいながら、エーリヒに声を掛けました。

小屋のなかは、土埃とインク、紙とコーヒーのにおいがしていました。

「本気で工事を止めたいなら、有力者の力を借りる必要がある」

「有力者というと?」エーリヒは前のめりになって尋ねました。「たとえば誰だ?」

帽子を目深にかぶった男は、殺風景なその部屋をぐるりと見渡し、葉巻の先端を石の灰皿にこすりつけると、喉の奥に煙を含んだまま答えました。「ほかの村や町の首長やローマの政府の役人、司教や教皇といった人たちだよ。それと、村人たちも巻き込むべきだ。一人ひとりな」一語ずつはっきりと発音しながら、そう言い添えたのです。

それを聞いたエーリヒは項垂《うなだ》れました。「村の連中は、これまでも何度か工事が始められたものの、結局なにも造られなかったんだから、今回も心配するには及ばないと言っている。神のご加護を祈り、運命に身を委ねるしかないと思ってるんだ。工事関係者がまた来たことさえ知らずにいる者も多い」

帽子の男は肩をすくめ、さも同情するようにうなずきました。長いこと世界各国を旅してまわった彼は、民衆というものを知りつくしていました。どこの国でもおなじで、人々はただ平穏な日常を欲している。だから、目に見えさえしなければ、それで構わない。そうやって彼は、各地の村々から住民を退去させ、地区を空にし、家々を打ち壊しては、野や畑にコンクリートを流し込み、鉄道や高速道路を建設し、川沿いに工場を建設してきたのです。工事が滞ることはありませんでした。運命に身を委ねる怠惰、神への絶対的な信仰心、事なかれ主義の人たちの無関心がはびこっているところでは、問題なく前に進むのですから。人々のそうした態度のお蔭で、彼はプレハブ小屋で葉巻を吹かしていられるのでした。そのあいだにも、どこか遠くの村で雇われた田舎者たちが「空腹の列車」に乗って到着し、降りしきる雨のなか奴隷のごとく働かされ、地下のトンネルで塵肺症《じんぱいしょう》に罹《かか》って死んでいく。長いキャリアにおいて、彼はいつでも難なくことを進め、何世紀も愛されてきた広場や、父から息子へと受け継がれた家々、夫婦の秘めごとを聞いた壁を打ち壊してきたのです。

「いまならまだ間に合う」最後に男はそう言いました。「だが、工事が人家の近くにまで迫ってきたら、間もなくダムは完成だ。ヨーロッパで最大規模のダムになるだろうよ」

背広にネクタイ姿の二人のエンジニアも戻ってきました。戦争が始まる前、農民たちに飲み物を振る舞ってくれた二人です。数名のスイス人と一緒でした。ダム建設には裏でスイス人も関与しているらしいとの噂が流れていました。チューリッヒの実業家たちが、モンテカティーニ社に多額の資金を貸し付け、その見返りに電力を得ようとしているというのです。すると村でも、だったらうかうかしてはいられないという声が聞こえてくるようになりました。生真面目なスイス人は危険だ、何ごとにおいてもずぼらなイタリア人とは訳が違うと。こうしてようやく、エーリヒと一緒に工事現場まで足を運ぶ者が現われ、三十メートルの高さはあろうかという石や土砂の山の上でトラックが方向転換し、削岩機が岩に穴をあけ、コンクリートミキサー車がセメントを混ぜ合わせ、土木作業員たちが、木の洞穴から顔を出す栗鼠《りす》のようにトンネルから顔を出しながら、理解できない方言でなにやらわめき、タービンを埋め込んでいるのを目の当たりにしました。村人たちは瞬きもせず、下唇を垂らしたまま、目の前に掘られた巨大な堀を見つめていました。これまで聞いたこともない騒音に、思わず両手で耳を塞ぎながら。

日ごとに、地面の裂け目がまるで油の染みのようにひろがっていきました。巨大な土砂の山の上に装軌車両やトラックがよじ登り、いまにも転げ落ちそうになっています。働き蟻のような土木作業員たちは、冬の蒼白い光に紛れてよく見えませんでした。そこにはもう牧草地はなく、無限にひろがっていた緑が消えていました。いまや地面からは土埃が巻きあがり、砕けて青味がかった石が見えるばかりで、唐松が生い茂り、シクラメンが咲き乱れ、牛や羊たちが誰にも邪魔されずに草を食んでいた大地とおなじものとはとうてい思えません。不動の山々の静寂は、動き続ける工事用車両の絶え間ない騒音に埋もれていました。夕方になっても、夜になっても、騒音が止むことはありませんでした。

ある朝、エーリヒは十人ほどの村人たちを集めて、帽子を目深にかぶった男のいるプレハブ小屋を取り囲み、地団太を踏みながら抗議の声を張りあげました。すると、軍警察に両脇を固められた男が小屋から出てきました。エーリヒと目が合うと、片方の唇の端をかすかに持ちあげ、レジア村とクロン村の地図を見せました。地図の四隅には赤いバツ印が描かれています。大きな地図だったので、ひろげるには両腕をいっぱいに伸ばさなければなりませんでした。村人の一人に地図を渡し、順にまわしてみんなで見るようにと仕草で伝えました。地図には集落や森や山道の始まりが描きこまれているのを理解した者もいましたが、さっぱりわからんというように顔をしかめ、すぐに隣の人に渡す者もいました。地図がふたたび自分の手もとに戻るのを待って、男は説明を始めました。ダムはその赤いバツ印の内側に建設される予定だが、繰り返し検証や認可、資金の調達を行なう必要があり、長い年月を要する。そのため、当面は村とはなんら関わりがないし、ふたたび工事を中断しろという命令が下される可能性も否定できない、ということでした。「村の集落まで到達するには、これからまだ長いこと掘り進めなければなりません」男は最後にそう言いました。

「水はどれくらいの深さになるんだ？」一人が尋ねました。

「五メートルか、あるいは十メートルくらいでしょう」

村人たちはそれとなく目配せをしました。その程度の深さであれば、レジア村もクロン村も沈むことはないでしょう。

「ならば、村は沈まないんだな？」

「村を沈めるとは誰も言っていません」

帽子の男がプレハブ小屋に戻るとすぐに、軍警察は、その場から立ち去るよう村人に命じました。プレハブ小屋のドアが閉まり、村人たちは足を引きずるようにして泥地を歩きながら、家路につきました。大地を乾かす力のない太陽の名残りがオルトレス山の頂にありました。

「現場監督が、集落まで達するには、これからまだ長いことかかると言っておった」

「それまでに、なにが起こるかわかったもんじゃない」

「ヒトラーやムッソリーニが返り咲くかもしれないぞ」

「奴らは死んでなんかおらず、態勢を立て直すために身を潜めているだけらしい」

「この勢いでコミュニストがのさばるようなら、ドイツ人でもイタリア人でもなく、ロシア人になれるかもしれないぞ」

「コミュニストがはびこらなければ、アメリカ人にもなれる」

「そうしたら、ドイツ語でもイタリア語でもなくアメリカ語でアメリカ人と喋るのか？」

「アメリカ人が来たら、ダムの代わりに摩天楼を建てるだろうよ」

「クロン村はダムの底に沈まんと言ってたぞ」

「いいや、わからないと言ったんだ」

「それでもやっぱり俺は心配だ」

「心配なんてするだけ無駄さ」

村人たちは泥地で足を引きずりながら、そんなふうに口々に言い合っていたのです。

大勢の土木作業員——烏の羽のように黒い髪にオリーヴ色の肌をした、たいていずんぐりとした体格の若者や、飢えを凌ぐために千キロも離れた故郷に家族を残して出稼ぎにきた男たち、あるいはイタリアの各地から集まってきた元ファシストや敗残兵たち――が次々に押し寄せる一方で、村の若者たちは北を目指して出ていくのでした。戦争中には、ドイツに逃げた者やスイスで身を潜めていた者たちがいました。なかにはスターリンの矯正労働収容所《グーラーグ》に入れられたままの者もいましたが、いずれにしても多くが二度とヴェノスタ渓谷に戻ることはない道を歩んだのです。

相変わらず土曜になると、手紙を抱えた女たちがうちにやってきて、一人ずつ順に、読んでくれとせがむのですが、私にはもう嘘をつけませんでした。息子たちは、牛と農民しかおらず、別の人生を歩むチャンスすらないクロン村には戻りたくないと書いて寄越していました。そんな文面を読みあげるたびに、母親たちは両手で顔を覆うものの、確かにそのとおりだと納得もするのでした。クロンは時の流れの片隅に追いやられた村であり、そこでの暮らしはいつまでも停滞したままだったのですから。

「あなた方の村には男がいない。いるのは年寄りばかりだ」ある日、帽子を目深にかぶった男がエーリヒに言いました。「老いていく一方の土地からは、いいことなどなにも期待できんよ」

5

エーリヒは毎日、フレックを傍らに従え、口に煙草をくわえて、信じられない量の土砂を積んで往き来するトラックや、地下のトンネルへと続く階段を造り、見たこともない機械類を抱えて下りていく土木作業員たちを呆然と見つめていました。

「あんなダムにクロン村が沈められてたまるか」

「カルリーノ川は、アディジェ川の小さな支流だよ。川ともいえないような渓流さ」

「あんなちっぽけな流れで深さ十メートルの貯水槽をいっぱいにするだなんて、連中はまともな計算もできないらしい」

エーリヒと一緒に建設現場を見に行った村人たちは、口々に言いました。一方で、村を破壊する気でいるあの畜生どもをどうしたら阻止できるのかと、うちまで尋ねに来る者もいて、我が家には頻繁に人が出入りするようになりました。エーリヒはショットグラスに注いだグラッパを振る舞っては、帽子を目深にかぶった男に言われたことを繰り返していました。「バリケードを築くだけではなんの効果もない。手紙を書くべきだ。有力者の力を借りる必要がある」

「だが、わしらは有力者なんて誰も知らないぞ」

「手紙だって書けやしない」村人たちは両手をひろげて訴えました。

「アルフレート司祭や、トリーナに書いてもらえばいい」エーリヒが答えました。

すると、村人たちは一斉に振り返って私のことをまじまじと見つめ、唇を引き結ぶと、大きくうなずくのでした。

「近隣の村々の村長や、イタリアの新聞社、それにローマの政治家に片っ端から手紙を書こう！」

「デ・ガスペリ（イタリアの政治家。一八八一〜一九五四年。戦後、イタリア共和国の初代首相を務めた）に手紙を書こう。彼は帝国時代のトレンティーノの生まれだから」一人が意気揚々と言いました。

「俺たちはなにをすればいい？」ほかの人たちも口々に尋ねます。

「工事現場に通い続けてくれ。村の住民がつねに監視していることを連中にわからせなければならない。ここから数キロしか離れていないスイスやオーストリアでもダムの建設計画が持ちあがったが、住民が反対の声を上げたところは、計画の中断に追いこまれたらしい」

村人たちの論議が熱を帯びるにつれ、エーリヒは希望を見出したようでした。彼は食べることも忘れて活動に専念し、寝る直前まで煙草を吸い、夜遅く帰ってくる彼を私が訝しげに見ると、頭に優しくキスをするのでした。

クロン村の役場では、シランドロ村の弁護士を顧問として雇うことにしました。弁護士は、デ・ガスペリ首相に手紙を書くというのは確かにいい考えかもしれないが、その前に、建設計画の再評価を省から得る必要があると主張しました。

「そのためにはどうすればいいんですか？」エーリヒが尋ねても、弁護士は肩をすくめるだけでした。

「政治の問題だから、あなたにはどうすることもできませんね」

弁護士を交えた会合のたびに、エーリヒは機嫌が悪くなり、苛立ちを解消するために、アルフレート司祭に会いに行きました。教会に誰もいないときには、長椅子に腰掛けて、長いこと司祭と話し込んでいました。私には話してくれないような迷いを打ち明けることもあったようです。私は、そんなふうに信仰心を保つことのできるエーリヒが羨ましいと思う日もありましたが、いつか彼が神にまで失望するのでは、と不安になる日もありました。

「あなたがそんなふうに足繁く教会に通うなんて、おかしいわね。以前は絶対に行かなかったのに」

「ファシストの連中が俺たちの母語を踏みにじり、奴らの学校を押しつけてきたとき、母語を守ろうとしてくれたのは誰だ？　南チロルを守り続けたのは誰だ？　政治家も、イタリアも、オーストリアも、競うように手を引きやがった。俺たちのことを考えてくれたのは、教会だけだったじゃないか」

現に、アルフレート司祭もダムの建設計画に懸念を抱いていて、ブレッサノーネの司教が近隣を訪れたら、相談してみると言ってくれました。

「いいや、いますぐ司教に手紙を書こう」とエーリヒが司祭にすがりつきました。「これ以上、手をこまぬいて見ているわけにはいかない」

アルフレート司祭は、それでエーリヒが納得するのならと手紙を書いてくれました。すると数週間もしないうちに、本当に司教がやってきたのです。あの頃、言葉には山をも動かす力があるように思えました。言葉を追い求め、まずは語らせ、問い質してみないことこそが最大の過ちのような気がしたのです。

エーリヒともう一人の村人とで、ベギン会修道女たちと一緒に教会のガラス窓を拭き、調度品を磨きあげました。日曜になると、司教が訪れるときの常として、教会前の広場に村人たちが詰めかけました。私とエーリヒは、最前列の長椅子に座って待ち構えていました。厳めしい体格に、目が合うと思わず伏せたくなるような険しい顔つきをした司教は、さぞやいろいろな話をしてくださるにちがいないと期待していたところ、いきなりミサが始まったのでした。まるで村には司祭がおらず、何年も前からミサが行なわれていなかったかのように。司教は、集まった人たちに、座ったままで、あるいは起立させて、祈りを捧げるように言いました。ようやく説教が始まると、いつもと変わらぬ熱心さでもって、あの世のことを、それがいかに恐ろしく、また素晴らしくもあるかということを語ったのでした。そして、最後にひと言だけ、「この村は危険なプロジェクトによって脅かされています。私から手紙を書いて教皇様にお知らせしましょう。もしも私たちがそれに値するのなら、聖なる御心が間違いなく私たちをお救いくださるでしょう」

エーリヒが、帽子を目深にかぶった男からダムの深さが十五メートルになると告げられたのは、ほかでもないその晩のことでした。

その夜、エーリヒが帰宅したのは、私がもうとっくにベッドに入ってからでした。エーリヒは隣に横たわると、私のお腹にそっと手をあてました。私たち夫婦は、その頃にはもう愛を交わすこともなくなっていました。エーリヒは、帽子の男に地下トンネルの奥まで工事現場を見学させてもらったと話していました。作業員たちはガソリン気動のトロッコ列車で中に入っていくため、炭でこすったような真っ黒な顔になって出てくるのだそうです。地下は空気が薄くて粉塵《ふんじん》もひどく、息をつくために交代で外に出てくる作業員たちは、誰もが痰ばかり吐いていたということでした。

「あれじゃあ、奴隷労働と変わらない」エーリヒは怒りを露わにしていました。そして、顔を真っ赤にした作業員たちが、地面を鶴嘴《つるはし》で掘り、コンクリートスラブを締め固める様子を話してくれました。いつの日か、その上を破壊的な力を持つ大量の水が流れることになるのです。

労働者たちは相変わらず大挙して押し寄せ、通りには、さながら蛮族の来襲のように、布袋を肩から提げて村のほうへと歩いていく男たちの長い行列ができていました。土木作業員たちは長さ二十五メートルほどのプレハブ小屋で寝泊まりしていました。小屋のなかには、薄い藁布団が敷かれた二段ベッドと、かろうじて暖がとれるストーブが置かれているだけで、捕虜収容所の小屋と大差ありません。帽子の男がエーリヒに語ったところによると、いまや数千人規模の労働者が、近隣の村々の複数の工事現場に送り込まれているとのことでした。いずれもクロン村と同様、湖やアディジェ川、あるいはその支流に面した村々ではあるものの、ダムの底に沈む可能性があるのは、レジア村とクロン村だけだということでした。

「もはや企業は、電力《ホワイト・ゴールド》を手に入れ、それで巨万の富を築くべき時機が到来したと思っている」エーリヒが毛布をかぶり、下唇を噛みながらつぶやきました。

私はなんと言葉をかけたらいいかわからずにいました。彼の闘争の話ばかり聞かされる日々に、いいかげんうんざりしていたのです。ダムのこともどうでもよくなっていました。

「どうかしたのか?」とエーリヒが尋ねました。

「べつにどうもしない」私は彼に背を向けました。

「なぜ黙っている」

「なにも話すことがないからよ」

エーリヒは両手を胸に当てたまま、動かずにいました。

「いまでもマリカのことを考えることがある？」私は藪から棒に尋ねました。

「考えるともなく考えているさ」それが彼の答えでした。

「どういう意味？」

「ほかの言葉では説明のしようがない。考えるともなく考えているんだ」

「私は一時《いっとき》でもあの子のことが頭から離れると、罪悪感に苛まれる。なのにあなたは、ダムの問題にかかりきりで、あの子のことなんて忘れてしまったんでしょ」

「トリーナ、いいかげん前に進む必要があるんじゃないのか？」

「あなたは心が痛まないのね」

「馬鹿なことを言うな」彼が反論しました。

「あなたは心が痛まないのよ」私は意固地になって繰り返しました。

するとエーリヒは、いきなりこちらに向き直り、両手で私の頬を挟み、吐息を感じるほど近くまで顔を寄せると、感情をぶちまけました。「もうあの子も大人になったんだ。家に帰りたいという気持ちがあるなら、とっくに帰ってきてるはずだろう！」

私は上掛けの下で全身が麻痺したように固まったまま、寝室の湿った静寂に彼の言葉が反響するのを聞いていました。エーリヒは怒りを湛えた眼差しで私を見つめていましたが、やがてゴミでも捨てるかのように私の頬から手を離しました。そしてふたたび私のほうに背を向け、身をすぼめてしまったのです。ひょっとすると彼は、私に泣き顔を見られたくなくて背を向けているのではないかと思いました。そんな疑念を抱いたのは初めてでした。しばらくして、ようやくうとしかけたとき、サイドテーブルの抽斗を開ける音がしました。エーリヒが一冊の小さなノートを取り出し、暗いところでノートをひらいたのです。ノートのあいだにはナイフで削られた鉛筆が挟まっていました。私がランプをつけると、光に照らされてデッサンが浮かびあがりました。描かれていたのはあなたでした。

軽いタッチの巧いデッサンで、目もとや口もとには線が何度も重ねられていました。あなたの手だけが描かれたページもありましたし、別のページには、初聖体拝領式のために私が買った、リボンのついた靴、また別のページには、机に向かって宿題をしているあなたの後ろ姿が描かれていました。私に髪を梳かしてもらっているあなたを描いたものもありました。小学校に入りたての頃のように髪を長く伸ばしていました。

エーリヒが絵を描いていたなんて、私はちっとも知りませんでした。靴下の入った抽斗にデッサン帳を隠していたことも。考えてみれば、あの人が家の外で過ごす時間になにをしているのか、よく知らなかった。何年も一緒に暮らしていながら、夫のことをほとんどといっていいくらいなにも知らない自分に気づいたのです。

6

その日、雪崩《なだれ》を思わせる轟音《ごうおん》が鳴り響きました。私は学校にいたのですが、子供たちと一緒にしばらく凍りついたように窓の外を見つめていました。どうにか授業を終わらせて校門を出ると、道端で村人たちが集まってダムの話をしていて、事故があったらしいとわかりました。巨大なヒューム管が転がってフェンスを壊しながら堀に落ち、ブルドーザーが一台巻き込まれ、一人が亡くなったということでした。私は居ても立ってもいられず、工事現場に向かいました。背中に汗をかき、息を切らして。もしもエーリヒが事故に巻き込まれて命を落とすことでもあったら、私はまた山奥に籠もり、狼に襲われるのを待つ覚悟でした。あるいは、ドイツ兵の潜む洞窟に駆け込み、どれほどの猶予が与えられるかわかりませんが、残された時間で、山の頂ひとつ離れたところから村を俯瞰《ふかん》するつもりでいました。自分の鼻の少し先までしか見通すことのできない村人たちと、勝手に村に入り込み、悪びれる様子もなく私たちを騙し続ける連中がのさばるこの村に、私は憎しみを覚えはじめていたのです。これが平和だというのなら、雪に埋もれ、飢えに苦しみ、ナチスにドアを蹴破られる悪夢に苛まれていたほうがましだとさえ思いました。

長いこと走ったせいで息が苦しくなり、心臓が喉から飛び出しそうでした。林のなかで声が嗄《か》れるまでエーリヒの名前を呼びました。ようやく現場にたどり着いたものの、工事は中断されていて、誰も見当たりません。堀の内側にも人影はなく、ひしゃげたブルドーザーや、粘土と砂を混ぜるのに使われていたトロ舟がひっくり返ったまま放置され、ものすごい勢いで転がったことがうかがえるヒューム管の跡が残っているだけでした。ですがよく見ると、堀の外側で、数人の作業員がパンにたかる蠅のようにうろうろしていました。あたりには死を思わせる静寂が漂い、生気のない土地を吹き抜ける風の音が聞こえるほどでした。私はいったん家の方角に引き返しかけたものの、ふたたび工事現場に戻り、また引き返しているうちに、自分がどこにいるのかわからなくなってしまいました。いまいる場所の数歩先から森がひろがり、まもなく陽が沈もうとしています。歩き慣れているはずの山道が認識できず、谷間も村も道路も見分けがつかないのです。樅の木立のあいだに入ろうとしたところで、私の名を呼ぶ大きな声が聞こえました。振り返ると、エーリヒがこちらにやってくるのが見えました。足もとに転がる石を蹴ってどかしながら、近づいてきます。

「怪我はない?」私は間髪を容れずに尋ねました。

「なぜ家で待っていなかった」

「なにがあったの?」

「トラックからヒューム管が落ちて、堀に転がり込んだんだ」

「土木作業員が一人亡くなったって聞いたけど?」

「作業員だけじゃない。警察官も一人死んだ」

私はエーリヒと一緒に村に戻りました。途中、こちらに向かって歩いてくる数人の村人の姿が見えました。もうすっかり日も暮れていて、カールの居酒屋の前では、ダムも、イタリア政府も、モンテカティーニ社も、死んだ土木作業員も、軍警察も、どいつもこいつもクソくらえと、酔っぱらってくだを巻いている者もいました。

「おい、エーリヒ・ハウザー。犠牲者が出た以上、工事は中断されるんだろうな？」青果商の息子が、挑発的な声色で尋ねました。

「さあ、わからない」と、エーリヒ。

「中断するに決まってる」

「すでに工事はストップしてるじゃないか」もう一人も言いました。

「ダムなんて造れっこないって言ったろ」さらに別の村人が口を挟み、周囲の者たちはみんな、そうだそうだとうなずいていました。

実際、工事はストップしました。作業員たちは、ダムの建設現場の前に建つプレハブ小屋で木の箱に腰掛け、煙草を吹かしながら気怠《けだる》そうに蠅を追いはらっていました。ときおり飲み物をまわし飲みしては、牛のようにパンをかじっています。挑発の眼差しで睨んでも、反応はありませんでした。そのどんよりとした目からは、脳みそが土埃に冒され、半永久的に思考が停止していることがうかがえました。彼らにしてみれば、ダムを建設するのも、煙草を吹かすために腰掛ける代わりに使っている木箱を造るのも、おなじことなのです。毎週土曜に支払われる給金を待ちわび、帽子の男のプレハブ小屋の前で一列に並び、受け取った紙幣をポケットにしまって出てくるのでした。私たちやクロン村、渓谷がどうなろうとまったく関心がなく、上から命じられたとおりに働き、命を脅かす粉塵を吐き出すのがせいぜいでした。そして夜になると、陽射しが降り注ぐ故郷を夢に見、家に帰ったらすぐに抱こうと愛しい妻に思いを馳せていたのです。

警察官の葬儀の日には小所帯の楽団がやってきました。しめやかにミサが執り行なわれたあと、イタリアの国旗に包まれた柩は艶光りのする車に乗せられ、メラーノの方角へ運ばれていきました。一方、土木作業員たちは、モンテカティーニ社が早急に調査を終えるまで待機することになりました。

ローマから到着した調査官たちが事故の経緯を調べあげ、調書を作成しました。ですが、そのあいだも帽子の男は作業員たちをヴァッレルンガの道沿いに集結させていたのです。クロン村の手前にある比較的平坦なその一帯に、新たに小屋を建てさせました。極小の家のようなプレハブです。

「死者まで出たというのに、工事を中断しないのか？」エーリヒがにじり寄りました。

男は両手をひろげ、口角を下げただけでした。

「なんのためにあんなバラックを建てるんだ？　俺たちをあそこに押し込めるつもりか？」

「政府がダム建設を遂行すれば、あのプレハブは今後も村にとどまることを希望する住民が移り住む仮設住宅となる」

「水位がさらに上がることになったのか？」

「水深二十一メートルになる予定だ」

「それでは村より高い」

「ああ、村より高い」男はオウム返しに答えました。

「役場に貼り出された紙には、ダムの水位が五メートル上昇すると書かれていただけじゃないか！」エーリヒがかすれた声で抗議しました。

「『計画は、変更されることもあります』という断り書きがあったはずだ」

プレハブ小屋は日ごとに増え、一列に並んだ箱のようになっていきました。あたりが暗くなるのを待ち、村人たちがこっそり様子を見にいっていましたが、ほどなく警察官が交代で見張りをはじめ、現場には近づけなくなりました。

そんなある晩、爆弾を隠し持った一人の帰還兵が、警備の目をかいくぐり、仲間二人とともに一棟のプレハブ小屋に忍び込みました。爆破するつもりだったのか、中をのぞきたかっただけなのかわかりません。その瞬間、一陣の風が吹き、ドアがばたんと音と立てました。物音を聞いて警察官が駆けつけ、三人は現行犯で逮捕されました。グロレンツァの留置場に二日ほど入れられていましたが、日曜の朝に釈放されました。それはちょうど村人たちが教会から出てくる時間帯でした。エーリヒが話しかけようと三人に近づくと、村人たちはエーリヒを小突き、その場から立ち去れと言いました。まるでエーリヒが三人を逮捕させたとでもいうように。居合わせた村人たちは、口々に言いました。

「おまえなんか消え失せろ！　エーリヒ・ハウザー、もうやめてくれ。いいかげん、わしらをそうっとしておいてくれ！」
私が傍らに歩み寄ると、エーリヒはなにも言わずに家に向かって歩きだしました。彼のあとを追いかけているあいだ、バルバラのことが頭をよぎりました。私になにも言わないまま、ドイツに移住していったバルバラ。これまで私たちのしてきたことは、ことごとく間違いだったような気がしてなりませんでした。

ある日、窓辺で外を眺めながら、あの惨めな掘っ立て小屋でどんなふうに暮らしたらいいのだろうと思いをめぐらせていた私は、無性になにか綴ってみたくなりました。机に向かい、しばらく白い紙とにらめっこしていましたが、やがて、大企業の振る舞いが、いかにクロン村やその周辺の渓谷地帯の歴史を無視した暴挙であるかについて書きはじめました。村では古くから農業と牧畜が営まれており、横柄な者たちやエンジニアが大群となって押し寄せる以前は、農場と森と牧草地と山道のあいだに調和が保たれた、豊かで平和な土地だった。そうしたすべてをダムのために犠牲にするのは、野蛮な行為としか言いようがない。ダムは別の場所にでも築けるが、景観は唯一無二であり、一度破壊されたら二度とよみがえらない……。私は、最後にこう記しました。景観というものは、修復することも複製することも不可能なのだから、と。その晩、書きあげた文章をエーリヒに読んで聞かせると、彼は私の額にキスをしました。そして、渓谷地帯を守るための行動委員会が結成され、村で起こっていることをどの新聞も報じようとしないのはなぜなのか、議論していたところだと教えてくれました。

「イタリアの新聞は、イタリア国内で起こっていることを報道する義務があるはずだ、なんとしてでも俺たちの村をイタリアの領土にしたがったくせに！」エーリヒの言葉は熱を帯びていました。

私がもう一度文章を読み返すと、エーリヒは「それも一緒に新聞社に送ろう」と言いました。

「いいわ。だけど、私の名前じゃなくて、あなたが署名して」

そのうち、私は自分の書いた文章のことを忘れていました。あれはどうなったのかとエーリヒに尋ねることもなかったし、行動委員会がなにをしているのかも尋ねませんでした。エーリヒは相変わらず、アルフレート司祭や村長、そしてこの問題に関心を持つ少数の村人たちと夜更けまで議論していましたが、私は話に加わりたいとは思いませんでした。状況はあまりにも混沌としていて、何度も議論を重ねているうちに、眠れなくなってしまうだけでしたから。うちに人が訪ねてきて、工事現場で起こっていることについて、ストーブの前でエーリヒと話しはじめると、私は寝室に引きあげるのでした。村の農民やその奥さんたちと同様の諦めと無関心が、私のなかにも生まれるのを感じていました。彼らの言うとおり、四六時中ダムのことを考えていたら、頭がおかしくなってしまいます。工事現場を監視し続けるのはヘラクレスの難業であり、そんな重責を引き受けられるのは、エーリヒ・ハウザー以外にいないのですから。おまけに弁護士は仕事が遅く、いつまで経ってもデ・ガスペリ宛ての手紙を送ろうとはしませんでした。とはいえ、デ・ガスペリにとっては、オーストリア＝ハンガリー帝国があった時代に南チロルで生まれたことなどなんの重要性も持たず、おそらくクロンという村が存在することすら知らないのでしょう。ヴェノスタ渓谷にしても、夏のヴァカンスを連想させる地名でこそあれ、それ以上のものではないにちがいありません。それでも、エーリヒからドイツ語の新聞に記事を書いてほしいと言われると、私は夢中になりました。イタリアの新聞社はどこも村の窮状を報じることはなく、報じたとしても、モンテカティーニ社の主張をなぞり、我々は社会の発展に適応し、その一部であることを自覚しなければならないと訴えるばかりでした。たとえそれが村の消滅を意味するとしても。エーリヒが私の目の前に紙を置くと、私のなかから言葉が自然とあふれ出るのでした。それは、私自身ですら気づいていなかった怒りの感情や、頭のなかで渦巻く混沌とした考えに、形を与えるものでした。手紙を書く相手が司教だろうが、モンテカティーニ社の社長だろうが、農業大臣だろうが、私は動じませんでした。行動委員会のメンバーは、ヴェノスタ渓谷を水に沈めることがいかなる冒瀆かを示すために、私の書いた手紙を添えて、そうした人物を村に招いていたのです。

数か月後、アントニオ・セーニ農業大臣が本当に村にやってきました。大臣の背広の胸ポケットには、村に滞在しているあいだじゅう手紙が入れられていました。大臣はズルデルノ村をはじめ、近隣の村々を視察しました。クロン村では放牧場や畑、畑仕事をしている農民たちの様子を見てまわったうえで、モンテカティーニ社の説明は虚偽ばかりだと、困惑した口ぶりで言いました。住む者もほとんどいなくなった寂《さび》れた集落で、人々の営みも途絶えているとの説明を受けていたのだそうです。アルフレート司祭は大臣の横で、たどたどしいイタリア語ながら、彼らがいかなる罪に手を染めようとしているのか繰り返し説いていました。そのとき、不意にセーニ大臣がこちらに背を向け、数メートル離れました。そして目もとを拭うと、私たちのところに戻ってきて、いかにも厳粛な約束をするという口調で話しだしました。大臣が二、三言口にしたところで、傍らに控えていた補佐官が慌ててその腕をつかみ、首を横に振って、それ以上なにも言わないようにと促しました。そして大臣の代わりに、アルフレート司祭の肩に手をおいて、こう言ったのです。

「大臣は、あなた方のために力を尽くしてくださいます。ですが、現状では、工事を止めるというお約束はできません。我々にできるのは、残念ながらダム建設が遂行された場合、あなたがたの被った損害に見合う補償金を支払うとお約束することです」

7

三月のある日、村人たちが一人ずつ順に調停裁判所に呼び出され、補償金を受け取るか、あるいは住宅の再建か、どちらかを選ぶようにと言われました。

「ただし、住宅の再建を選んだ場合、しばらく我慢していただくことになるでしょう」前もってそんな条件が伝えられました。

「我慢とはどういうことです？」

「我慢は我慢ですよ」職員は、ファシスト政権によって任命された村長《ポデスタ》がいたときと変わらない横柄さで答えました。もはやファシズムは国を支配していないはずなのに、いまだに私たちのあいだに存在し続けているのです。行政の諸機関にはムッソリーニによって任命された者たちが居座り、ファシズム時代と少しも変わらない、横柄で高慢な態度で職務にあたっていました。新たに共和国となったイタリアでも、役所の仕事を進めるには彼らの力が不可欠でしたから。

裁判所を出るなり、私たちは愕然と顔を見合わせました。またしても、村を出るべきか、とどまるべきかというジレンマを突きつけられることになったのです。一九三九年のときとおなじように。補償金を受け取った者たちは、村を去ってどこか違うところへ――親類を頼るか、あるいは渓谷地帯の別の村に――移り住むことになるでしょう。住宅を選ぶ者は、すべてが水に沈んでもなお、村にとどまるのです。

「牛や羊はどこで放牧すりゃあいい？」

「家畜を手放すとしたら、いくらで買い取ってもらえる？」

「あんな兎小屋のようなプレハブで、いつまで暮らせというんだ？」

「俺たちの農場が、そんな微々たる金額にしかならないというのはどういうことだ」

「わしらの畑一平米の値段より、強制収用の通知に貼られた収入印紙のほうが高いってのは本当か？」

村人たちは、裁判所のびん底眼鏡の職員に大声をあげて詰め寄りました。けれども職員は辟易し、まだなにも決まっていない、いまのところはまだ、新しい住宅を何軒建てる必要があるのか調査している段階だと答えるばかりでした。そして、それ以上騒ぐと軍警察を呼んであなたたちを追い出してもらうことになる。頼むからそんなことはさせないでくれと言うのでした。

そのおなじ日、アルフレート司祭が訪ねてきました。

「教皇様が会ってくださるそうだ！」司教からの手紙をにぎりしめて、そう告げました。「君も一緒にローマへ来てくれ」いつにも増して有無を言わさぬ口調で、早口に言いました。

それを聞いたエーリヒは笑いだしました。ヴェノスタ渓谷のしがない農民の自分が、ローマの、ピウス十二世に会いにいくなんて！　三人でひとしきり笑ったあと、アルフレート司祭が真顔に戻って、もう一度繰り返しました。「君も一緒に来てくれ」そして、翌日の早朝に迎えにくると言いおいて、帰っていきました。

翌朝、エーリヒはブレッサノーネの司教の車で村を発ち、ボルツァーノで列車に乗り換え、ローマまで行きました。教皇は三人に私的に謁見なさいました。

帰ってきたエーリヒを、私は質問攻めにしました。「教皇様はどんなお方だった？」「なにを話したの？」「宮殿はどんなところだった？」エーリヒときたら、せっかく短い挨拶文を一緒に練習したというのに、なにも言わなかったらしいのです。ピウス十二世がエーリヒに言葉をかけることもありませんでした。エーリヒは、出入り口の警備をしていたスイス衛兵や、フレスコ画に囲まれた広間、絵画やタペストリー、ドレープカーテン越しに見た広い庭のことを話してくれました。そして、教皇はハンサムだったと言って、贈られた写真を見せてくれました。そこに写っていた教皇は、丸い縁の眼鏡のせいか驚いたような表情に見え、正直なところ私にはハンサムだとは思えませんでした。謁見はイタリア語で行なわれましたが、エーリヒはそれほど苦労することなく理解できたということでした。みんなが話しているあいだ、エーリヒはソファに浅く腰掛け、うなずきながら話を聞く教皇のことを、じっと観察していたそうです。ブレッサノーネの司教も黙って聞いているだけで、このときもまた、盛んに喋っていたのはアルフレート司祭でした。ピウス十二世の前でもいつもと変わらず、骨ばった手を動かし、クロン村が受けている不当な仕打ちに対する怒りのために顔を紅潮させて喋っていました。

「このような不当な行為を前に、教皇様も無関心ではいらっしゃれないことと存じます。ファシズムの悪に続いてこうした不当がまかり通るのは、我々がまだ、本当の意味でファシズムから解放されていないからなのです」アルフレート司祭は唇をきっと引き結び、顎を突き出して続けました。「それでなくとも我々国民は、戦争によって、いまだに帰郷できていない大勢の行方不明者や死者を出すという犠牲を強いられました」

教皇は大きくうなずき、三人に祈りを捧げるように言いました。その後、教皇がなんらかの介入をすると繰り返し、謁見は終了となりました。ローマ宛てに手紙を書かせ、計画の見直しについて農業省から回答を得ると約束したのです。すべてがほんの数分の出来事でした。

「あなたがたの村のことは、私の心にあります」それが、別れの挨拶の前に教皇が口にした言葉でした。

そうしてエーリヒは、ふたたび長い廊下と衛兵の前を通り抜け、自動車の窓からローマの街並みを眺め、広い通りや建物に目を奪われ、彼に手を差し出しもしなかった教皇の顔を脳裏に焼きつけて、村に戻ってきたのでした。

「あの犬どもを阻止するために、神様とお話しくださるのか？」クロン村の農民たちがさっそく訊きにきました。

「俺たちの村のことは心にあると言っていた」答えに窮したエーリヒは、そう言うのがせいぜいでした。

8

エーリヒに頼まれて、私は近隣の村々の長に手紙を書きました。

「どうかこの闘争は自分たちとは無関係だと思わないでください。ダムという脅威を前に、無関心を決め込むのはやめてほしいのです。いまや教皇様も私たちの味方で、私たちを励まし、団結することの重要性を教えてくださいます。あなた方の支援が必要です。私たちと一緒に広場に出て、抗議の声をあげてください」そんなふうに訴えました。

アルフレート司祭は日曜ごとに、村を出ていかないよう村人たちに語りかけました。

「村を出ていく者は、クロン村とレジア村に敗北を言い渡すことになります」ミサのたび、司祭は最後にそう忠告するのでした。

村の人たちは、どうやら物事は好ましい方向に進んでいるらしいと噂していました。教皇様が村のことを気にかけてくださっているし、行動委員会のメンバーも司祭も村長も、エーリヒ・ハウザーと一緒にいろいろと知恵を絞ってくれている。あとはローマからの返事を待ち、近隣の村々の連帯を期待し、調停裁判所が補償金の額を決めるのを忍耐強く待つしかない。そのあいだに、新たな事故が起こらないともかぎらないし、誰かがヴァッレルンガのプレハブ小屋を爆破するかもしれん。せめて、葉巻をくわえ、帽子を目深にかぶった男の事務所だけでも爆破できたら……。いや、そうじゃなくて、我々の存在を無視してモンテカティーニ社の利益ばかりを優先してきたローマの政府やイタリアの新聞社に爆弾を仕掛けるべきだと主張する者もいました。私は、暴力に訴える人たちと一緒に行動しないよう、エーリヒに強く言ってきかせました。それでも彼のことが信じられなかったので、直接アルフレート司祭のところへ相談に行きました。

「そんなことをしたら、神だけでなく、教皇様のお力添えも、ほかの人々からの支援もすべて失うことになる。もしもあの頑固者が武器を持っていたら、教会には二度と足を踏み入れるなと言ってくれ」司祭は憤慨して声を荒らげました。

エーリヒが帰宅するのを待って、私はアルフレート司祭の言葉を伝えました。すると彼は、万引きの現場を押さえられた子供のように目を伏せました。

工事現場では、日曜でも夜中まで仕事が続けられていました。いまや、靴修理工房の裏手から見ると、まるで歯のように地面から飛び出したヒューム管が見えるばかりか、嗅いだことのないような腐った水の臭いが風に運ばれてきます。遠くでは別の作業班が堤防を高くし、水門や余水路を建設していました。そう遠くない将来、水門がひらかれて水が流れ込み、村を沈めることになるのです。村人たちはそうしたものが目に入らないふりをし、近づかないようにしていました。教皇や行動委員会、アルフレート司祭を信じていたものの、一九四七年の春、ダムは私たちのすぐ背後にまで迫り、つきまとい続けました。

エーリヒは昼夜を問わず、座り込みなどの抗議活動を組織することに心血を注いでいましたが、少人数しか集められず、誰にも脅威を与えませんでした。それでも、仲間になってくれる村人が一人でもいれば、自分の活動にはなんらかの意義があるのだと思えるらしく、意気消沈することもありませんでした。私もできるかぎり彼と行動を共にしていました。いつか彼が一人きりになり、一人で声を張りあげ、虚しい怒りをぶつけることになるのではないかと不安だったからです。村人たちから見捨てられないよう、あの人を守ってやりたかった。

五月のその日も、私はエーリヒと行動を共にしていました。トレンティーノ県から何人かの農民が応援に駆けつけ、初めてレジア村とクロン村がひとつに団結したのでした。私たちは家畜たちを連れて通りに繰り出し、牛も羊も一緒になって声をあげました。軍警察や土木作業員、モンテカティーニ社のエンジニアたち、そして神に対して、私たちが持っているすべてのもの——腕力、声、そして家畜たち——を見せつけたのです。壇上から、畜産農家組合の組合長がメガホンを通してこんな演説をしていました。私がエーリヒに頼まれて書いた文章とおなじだったので、よく憶えています。「企業の利益が、我々や、我々の畑や牧場、そして家を踏みつぶしました。クロン村の住民の九割が住み慣れた土地を離れなければなりません。私たちは救いの手を求めて叫んでいるのです。どうか私たちを助けてください。でなければ村は破滅します」

オレンジ色に輝く午後の太陽に組合長の顔は上気し、震える手で握りしめた紙にじっと視線を注いでいました。嗄《しゃが》れた彼の声が途切れると、拍手喝采や口笛が鳴り響き、牛たちまで演説を理解したかのようにモーモーと鳴き声をあげました。ようやく人々が大声で叫び、泣き、街頭に出て、互いに顔を見合わせたのです。民衆が、初めてその名にふさわしい集団となり、少なくともその日は、誰も自分のことを考えず、家路を急がず、ここではない別のどこかにいたいと願うこともありませんでした。エーリヒのそばには女衆や子供衆がいたし、牛も羊もいたし、互いに異なる選択をしたために、言葉を掛け合おうとしなかった時期も含めて共に成長してきた男衆もいたのですから。

エーリヒが指を差したほうを見ると、あの帽子の男がいました。めずらしく葉巻をくわえておらず、少し離れたところで薄ら笑いを浮かべていたのです。軍警察が盾となり、まわりを囲んでいましたが、彼は気にかけず、悪びれる様子もありませんでした。

9

農業省からの回答が届いたと、シランドロ村の弁護士が知らせに来ました。

「計画の見直しはいっさい行なわれず、工事はこのまま進められるそうです」がっくりと肩を落とした弁護士が、書類を見せながら言いました。私たちはそれを読む気にもなれませんでした。

エーリヒは帽子の男に会いにいきました。彼は相変わらず例のプレハブ小屋にいましたが、ほかには軍警察官が二人いただけでした。

帽子の男は鋭い眼差しで、憐れむようにエーリヒを見ました。「教皇の口添えがなければ、おそらく返事すらもらえなかっただろう」

「これからどうすればいい？」

「残されているのは、過激な手段だけだ」

エーリヒは灰色の眼《まなこ》を大きく見ひらき、むさぼるように煙草を吸いました。そのあいだ、帽子の男は机の上の書類を整理していました。

「警察官を殺すなり、土木作業員を撃つなりしたら、状況が変わるとでもいうのか？」

「いっそ私を狙ったらどうだ」彼はエーリヒの目を見ずに言いました。

学校で私は、ダムを造らないでとお願いする手紙を書くよう、子供たちに言いました。放課後、手紙を集め、彼の事務所の前に置きに行ったのです。モンテカティーニ社の巧妙なやり口に対する、純真な手紙の束による抵抗であり、そこには一人ひとりの物語が詰まっていました。帽子の男は陰で私の様子をうかがっていたかのように、いきなりドアを開け、脂ぎった手で手紙を拾いあげました。そして、コーヒーを淹れたところだから、中に入るようにとうながしました。ファイルや書類がいっぱいにひろげられた大きな机が、私たちのあいだを隔てていました。彼は私にもコーヒーを注ぎ、それぞれの手紙を数行ずつ、表情ひとつ変えずに読んでいました。

「言葉にはあなた方を救う力はない」彼は手紙の束を私に押し返してそう言いました。「これらの手紙に書かれた言葉にも、ご主人の名前でドイツの新聞に掲載された言葉にもだ」

私は、彼のインクのように黒い瞳を初めてまともに見ました。この人はいったい誰の前なら帽子を脱ぐのでしょう。あの隙間のような細い目を見ひらいて恋人を見つめることがあるのでしょうか。

「あなた方はここを出ていくべきだ」先ほどよりもいくぶん温かみのある声で続けました。「牛や羊を連れて、別の村に移り住んだらいい。二人ともまだ十分に若いのだから、新たな生活を築けるだろう」

「夫がそんなことを受け入れるはずありません」

ほかの先生たちも同様に子供たちの手紙の束を届け、アルフレート司祭は、集団での祈りや行進、徹夜の座り込みを計画しました。北イタリアから来た人たちと一緒に工事現場に忍び込み、フェンスを破ろうとした農夫もいましたが、すぐに軍警察がやってきて、追い払われました。それから数日後の夜明け頃、おなじメンバーが検問所をすり抜けることに成功しました。総勢四名。フェンスを乗り越え、堀の内側で仕事をしていた作業員たちめがけて突撃していきました。軍警察が宙に向けて威嚇射撃をしましたが、四人は死をも覚悟しているかのように怯《ひる》まず、作業員たちに飛び掛かりました。帽子の男が銃は撃つなと命じました。もうもうと土埃が舞うなか、殴る蹴るの大乱闘となったものの、土木作業員の数のほうが圧倒的に多かったため、農夫たちは間もなくとり押さえられ、武器を取りあげられました。顔を踏みつけられて靴の下で身動きもできず、土にまみれ、屈辱で赤くなっていました。

グロレンツァ村から軍警察が援軍に駆けつけ、戦時中のような緊張があたりに走りました。通りの随所に見張りが立ち、人気《ひとけ》のなくなった広場を歩いていると、仕掛けられた爆弾がいまにも爆発するかのようでした。そんななか、一人だけ村をうろついている者がいました。背丈が二メートルはあろうかというひょろりとした若者で、ライトブラウンの外套に身を包み、大きな近視用の眼鏡をかけています。役場の近くに自動車を駐《と》めると、外套の下に両手を突っ込み、上向きかげんで歩いていました。水門のところに着くなり、トンネルの観察をはじめました。ちょうど土木作業員たちがトンネルの上に牧草地の土をかけているところでした。その上から地ならし機で平らにし、草を植え、渓谷が以前とおなじ調和を取り戻したかのように見せかけるつもりなのでしょう。ダムが一帯の均衡を崩すことなどあり得ないというかのように。若者はときおり立ち止まり、土を手ですくいあげては、指のあいだからふるい落としていました。昼過ぎに行動委員会の事務所を訪れました。スイスの地質学者だと名乗ったうえで、一連の計画が秘密裏に進められてきたことを糾弾し、プロジェクトの背後にチューリッヒの企業家の存在があることを告発するべくクロン村までやってきたと言ったのです。

「モンテカティーニ社に資金を提供したのは、彼らなのです」その口調は熱を帯びていました。「スイスでは、個人の意思を踏みにじる企業活動は認められません。このようなやり口は、我が国では考慮すらされないはずです。いずれにしても……」若者は少し声色を変えて続けました。「ここの地盤は苦灰岩《ドロマイト》の岩屑から成っているため、地耐力の最低基準を満たしていません。この上にはダムは建設できないはずです。あなた方は、なにがなんでもプロジェクトを見直すよう主張すべきです」そして、曇ったレンズの奥からこう付け加えました。「ドイツ語圏の新聞はあなた方の味方です。イタリア政府ではなく、オーストリアやスイスに支援を求めてはいかがでしょうか」

最初のうちは訝るような眼差しを向けていた行動委員会のメンバーも、結局、その若者を工事現場に案内することにしました。エーリヒがプレハブ小屋の戸を叩くと、帽子の男が顔を出したものの、地質学者の姿を認めたとたん険しい表情になり、会おうとしませんでした。地質学者は冷ややかな笑いを浮かべ、そこでも土を採取していました。そのうえで、さらなる地質調査を実施することと、私たちが記事を新聞に掲載できるよう力を尽くすことを約束しました。近いうちに、ダムの建設計画が確実に頓挫するような調査結果をローマに報告する、自分が示す動かしがたい数値を前にすれば、誰しも工事を中断せざるを得ないだろうと請け合ったのでした。「建設を強行すれば、ダムが崩壊し、川は氾濫《はんらん》するでしょう。正常に機能することはないと思います」彼はそう言いおいて帰っていきました。

アルフレート司祭が、オーストリアの外相宛てに手紙を書いてほしいと私に言いました。「このダムは、あなた方にとっても危難をもたらすものとなるにちがいありません。ヴェノスタ渓谷は、何世紀にもわたってあなた方の故郷《ふるさと》でもあったのですから」私は、そんな文章で手紙を結びました。それが、私の書いた最後の手紙となりました。

ウィーンから返事が届くことはなく、眼鏡をかけてひょろりとした地質学者からも、それきりなんの音沙汰もありませんでした。

10

近隣の村々からは、計画の見直しを求める嘆願書には賛同しないし、建設に反対する請願書にも署名しないという回答がありました。とどのつまり、川の流れが変われば自分たちの村への氾濫が防げるので、彼らにとっては好都合だったのです。

エーリヒは私に言いました。「近隣の村々まで俺たちがダムの底に沈んでも構わないと思っているなら、帽子の男の額に弾丸《たま》を撃ち込んだってなんの効果もないだろう」そして、私が殺したドイツ兵から奪った拳銃をようやく預けてくれたのでした。「トリーナ、これは君が持っていてくれ。でないと俺はなにをしでかすかわからない」

「本当のことを教えて。襲撃を計画している人がいるの？」

「俺は知らない」

「お願いだから、もう工事現場には行かないで。前みたいに工房でミヒャエルを手伝ったり、仔牛の世話をしたりしてちょうだい」私が繰り返しそう懇願すると、エーリヒは私を抱き寄せ、私の唇に指を当てました。

それは、自分にはそんなことはできないと私に伝えたいときの、彼特有の仕草でした。


「この家に住めるのもあとわずかだと思うと、絶望的なまでの愛着が湧くのはなぜだろうね」その日の午後、ダムの堤防に立って、レジア村の住民が家を明け渡す光景を見つめながら、エーリヒがつぶやきました。レジア村にはなんの前触れもなく強制立ち退きの命令が下され、布袋や鞄、トランクなどを抱えた人たちが家族単位で家々を後にしていました。家具を運び出したければ、いくらかは記憶にありませんが、手数料を支払ったうえで、モンテカティーニ社から派遣された業者に頼まなければならないのです。私たちにはその理由さえ説明されませんでした。そのため、住む者のいなくなった家々にはたくさんの家具が残されていました。男たちはマットレスを担ぎ、女たちは子供たちを抱き、前方に連なるくっきりとした稜線と、空に浮かぶ赤い雲だけをひたすら見つめていました。レジア村の住民は列になり、道の両側に並ぶ警察官たちの、とらえどころのない視線に見つめられ、罪人のようなのろのろとした足取りで歩いていきました。土地が収用され、村を出ていくことにした住民たちも、同様にのろのろとした足取りで歩いていました。マッレスやグロレンツァ、プラート・アッロ・ステルヴィオに家を借りて移り住むという者や、きょうだいやいとこ、あるいは遠い親戚の家に身を寄せるという者もいました。アルフレート司祭は、村を出ていく者たちから目を逸らそうとせず、遠ざかっていく彼らの背中を見つめながら、何度もつぶやいていました。

「とうとう我々は真の迷い人となってしまった」

村にとどまることにした住民たちは、ヴァッレルンガに点在する、細長くていびつで狭い仮設住宅に、重い足取りで向かっていきました。どれもおなじ形のプレハブ小屋です。モンテカティーニ社によって建立された新しい教会は、稼働していない発電所のような様相をしていました。彼らにしてみれば、これで住民の要望に応えたことになるのでしょう。

ある朝、クロン村の農夫が、家畜小屋に水が五十センチほど溜まっているのを見つけました。雌鶏たちは溺れ死に、水面には秣がぷかぷかと浮いています。農夫は表に出て叫びました。家のなかや工房にいた者たちはみんな、慌てて家畜小屋や地下倉庫の様子を見にいきました。すると、低いところにあった建物はすべて浸水していました。たちまち、激怒した村人たちが広場に集まりました。エーリヒがアルフレート司祭を呼びに走ります。教会の地下も膝までの水に浸かっていました。

「あの畜生どもめ、俺たちになにも知らせずに水門を閉めやがった！」エーリヒが怒鳴りました。

「レジア村に行こう。この時間ならエンジニアたちは事務所にいるはずだ」司祭が言いました。

アルフレート司祭の到着を待ち、村人たちは列をなして歩きだしました。二百人を超える人がいたでしょうか。老いも若きも、男も女も、みんなでレジア村を目指して行進しました。その日たまたま家に帰っていたミヒャエルも一緒でした。ときおり、とくに用があるというわけでもなく顔を見せに寄ることがあったのです。ミヒャエルがグロレンツァ村に越し、エーリヒが家具工房を手伝わなくなってからというもの、会う機会はめっきり減り、父と息子のあいだには会話らしきものがないままでした。

途中、歌を口ずさむ者もいれば、泣きだす者もいました。わめき散らしている女の人もいました。レジア村に着く頃には正午をまわっていました。地盤工学研究所として使われているプレハブ小屋の外に、モンテカティーニ社から派遣された二人のエンジニアの姿があるのが遠目に見えました。二人は最初、硬直したようにこちらを見ていましたが、私たちが大勢なのを見てとると、しだいに歩調を速め、しまいには鶏泥棒のような素早さで、警察官の名を大声で呼びながら逃げていきました。村人の列の後方にいた若者たちが二人の後を追います。ミヒャエルも一緒に追いかけました。残った私たちは、「卑怯者！」と怒鳴りました。エンジニアたちは捕まって群衆のほうに連れ戻され、たちまち村人にとり囲まれました。アルフレート司祭が、誰も手をあげてはならんぞと大声で命じました。

「ダムの水門を閉めたのか？」静寂を破って、司祭が問い質しました。

「知らせる時間がなかったのです」うろたえたエンジニアたちは、荒い息遣いで答えました。

次の質問をする暇もなく、軍警察の車両が二台、猛スピードでやってきました。私たちのいる場所から数歩のところで急停車し、降りてきた警察官たちが拳銃を振りまわし、群衆をかきわけました。二人のエンジニアはすぐさま警察官たちの背後に隠れ、安全な車のなかに匿われました。それでもなお、多くの村人たちが罵詈雑言《ばりぞうごん》を浴びせ続けます。警察官たちは決然とした足取りでアルフレート司祭のほうへ詰め寄りました。そして彼の手首に鎖をかけ、暴漢でも扱うように二台目の車両に無理やり押し込むと、タイヤを軋《きし》ませながら走り去りました。村人たちは車に向かってわめきながら石を投げ、若者たちは車が走り去るのを阻止しようと追いかけましたが、無駄でした。ミヒャエルも手にいっぱいの石をつかみ、「この人でなし！　ファシスト！」とわめいていました。

車が通りの向こうに見えなくなると、私たちは呆然と立ちつくし、顔を見合わせるしかありませんでした。エーリヒとミヒャエルは、しばらく手をつないでお互いの向こう見ずな行動を牽制し合っていました。

アルフレート司祭は民衆を扇動した廉《かど》で留置場に入れられ、帰ってきたのは二日後のことでした。

最後の数か月、クロン村での私たちの生活は、まるで水滴の拷問を受けているかのようでした。一滴ずつ、額のおなじ位置に水滴が落ち、いつしか頭がおかしくなっていく。私は山奥で一緒に過ごしたおかみさんに励まされていたことを思い出しました。「ほうら、今日もまたこうして生きてるじゃないか！」それ以上は誰も望めなかったのです。エーリヒを殴るよう軍警察に命じたエンジニアのことも思い出しました。「数軒の集落よりも、発展のほうが大切だ」彼らはエーリヒにそう言いました。たしかに進歩という観点から見たならば、私たちは数軒の集落にすぎません。

アルフレート司祭が留置場に入れられてからというもの、私たちは、まるで手で両目をふさがれているかのような諦念に支配されていました。終末期の病人や死刑囚、あるいは自殺願望を持つ者も、同様の諦念に達することがあると言われています。死ぬ前に、どこから生じるかわからないものの、一瞬の安らぎに包まれるように心が穏やかになる。それは、言葉を必要としない、明敏な感覚なのです。こうした諦念が、人間にそなわった最高の尊厳なのか、もっとも英雄的な行為なのか、あるいは追い求めるべき至高の永遠性なのか、はたまた生まれついた臆病さの表われなのかはわかりません。最期が訪れる前に抵抗をやめるなんて、ナンセンスのようにも思えます。ただ、私にはわかっていることがひとつあります。もしもあなたが帰っていたら、村を沈める水を前にしても、怯みはしなかったでしょう。あなたが一緒にいてくれたなら、私たちは別の場所で生きていく力を見出したはずです。また一からやり直すために。

八月になると、職員が来て各家にバツ印を付けていきました。高性能爆薬《トリニトロトルエン》で爆破する予定の家屋にはすべて、赤いペンキでバツ印が描かれたのです。村で水没を免れる建物は、高台に建つ聖アンナ教会だけで、その周辺に新しい《ヌオーヴァ》クロン村が建設されることになっていました。我が家に印が付けられたのは早朝のこと。そのすぐあとに母の家、次いでアニタとローレンツの住んでいた家にも印が付けられました。二人の家は、一九三九年に住む者がいなくなってからというもの、ファシスト政権によってイタリア人移民にあてがわれていました。最後まで家にとどまっていたのは、私とおなじ名前の老女でした。テーブルの上で暮らすから、どうかこのまま家にいさせてほしい、それでも駄目なら屋根にのぼる、と窓から叫んでいましたが、無理やり外に引きずり出されたのでした。

日曜日、私たちは最後のミサのために教会に集い、長椅子に座りました。その日のミサには、ブレッサノーネの司教だけでなく、トレンティーノ県の各地から十人あまりの司祭が駆けつけました。けれども私は、説教を聞いていられませんでした。神と怠慢、神と無関心、神とクロン村の人々の苦悩という、互いに相容れない概念をどうしたら両立させられるか、どうしてもわからなかったのです。帽子の男が話していたように、そうした苦悩を抱えているのは、クロン村の人たちだけではないはずです。キリストが磔《はりつけ》にされた十字架も、私の考えとは相容れないものでした。私はいまだに十字架に磔になって死ぬなんて意味のないことだと思っているのですから。それよりも、外に蔓延《まんえん》する恐怖を見ないために、身を潜め、亀のように甲羅のなかに頭を引っ込めているほうがいいに決まっています。

ミサが終わると、エーリヒが私の手を引き、二人で川の堤防沿いを歩きました。暖かな陽射しに影が大きく伸び、野畑を自由に歩きまわりたくなりました。そんなふうに散歩をしていると、天然湖の畔《ほとり》にいるような錯覚に陥ります。けれども、実はそれがダムであることを、決して忘れてはならないのです。かつてそこには草原がひろがっていて、私はマヤとバルバラと三人で寝そべり、ミヒャエルがサッカーをして遊び、あなたが父の呼び声にも耳を貸さずに走りまわっていたことを。

遠くで鐘が鳴っていました。ひょっとすると、最後の鐘はいつもと違う音を響かせるかもしれません。その日は朝から、鐘の音がクロン村での私の人生をたどる音楽のように聞こえていました。波乱万丈ではあったけれども、辛抱できないものではありませんでした。あなたの失踪というひどく忌まわしい苦悩でさえも、あなたの父親と一緒に向き合ってきたお蔭で、こんな人生、いっそ野良犬にくれてしまえと思うほどの敗北感は味わわずに済んだのですから。あの日、私たちの最大の願いはなにかと尋ねられたら、迷わず、クロン村で暮らし続けることだと答えたことでしょう。若者たちが逃げ出し、多くの兵士たちが帰ってこなかった、将来の可能性を奪われたこの村で。未来のことなどなにも考えず、ほかになんの確信もないまま、とにかく村にとどまりたかった。

11

家々に高性能爆薬《トリニトロトルエン》が仕掛けられたとき、私たちはすでにプレハブ小屋に押し込められていました。トリニトロトルエンの音は爆弾の音とは違っていました。ずしんと鈍い音が轟《とどろ》いたかと思うと、次の瞬間、壁が崩れ、土台が引き裂け、屋根が粉々に砕ける音に取って代わられ、しまいにはもうもうと土煙が立ちこめる。

私たちは兎小屋のようなその仮設住宅から一部始終を眺めていました。エーリヒは息を呑み、私は腕を組んで。最初の数軒が崩れ落ちた瞬間、私は思わずエーリヒにしがみつきました。そして次々に家が崩れていくのを、息をとめることもなく見ていました。最後には、教会の鐘楼だけが残ったのです。ローマの記念建造物保護局からの命令で、鐘楼だけは破壊せずに残されることになりました。水は、一年ほどの月日をかけてすべてを覆いました。ゆっくりと、けれども着実に水位が上昇し、やがて鐘楼の半分ほどの高さにまで達したのです。それ以来、小波《さざなみ》の立つ水面から、鐘楼の上半分だけがまるで漂流者の胸像のようにそびえています。その晩、ベッドに入る前、エーリヒから、接収された家屋と畑や牧草地の補償金を受け取るにはボルツァーノの銀行まで行かなければならないが、そこまで行く交通費のほうが受け取れる金額よりも高くつくと聞かされました。

住民の多くが村を去りました。百世帯あまりのうち、村にとどまったのは三十世帯ほど。ミヒャエルの家具工房も水に浸かりました。

モンテカティーニ社は、村に残る住民のために、プレハブの仮設住宅のほかに共同の家畜小屋も用意していましたが、詰め込まれた牛たちがしょっちゅう蹴り合うありさまでした。牧草地も水に浸かってしまったので、エーリヒは牛と羊を食肉解体場へ連れていくことにしました。私は彼について、サン・ヴァレンティーノ村へと続く下り坂を歩いていきました。その道の脇にダムの堤防が延びています。私たちの後ろから、フレックが喘ぎながらついてきました。もうかなりの年で、足をひきずって歩いています。撫でてもらいたいのか、くんくんと甘えた声を出しては、冬を連想させる眼で私たちを見あげるのでした。仔牛たちは一頭ずつつながれて一列に並んで歩き、不安そうに水面を見つめていました。その後ろから、三頭の雌牛が腹をゆっさゆっさと揺らしながら重い足取りで続き、最後に羊たちがついてきます。

「こいつも引き取ってくれ」エーリヒがフレックを指差して解体業者に言いました。

業者が無言で見返すと、エーリヒは紙幣を二枚差し出して、繰り返しました。「頼むから、こいつも引き取ってくれ」

私は彼の腕をつかみ、やめてほしいと繰り返しましたが、こうするのがいちばんいいんだという容赦ない返事が返ってきただけでした。

私たちはすべてを手放して帰途につきました。乳白色の空に、黒っぽい雲が流れていました。

夏の嵐をもたらす雲です。

やがて、どういうわけか三十四平米の家で暮らすことにも慣れていきました。家族の構成人数に関係なく、一世帯に割り当てられたのが三十四平米だったのです。私は、手狭なこと自体は嫌ではありませんでした。歩くと互いにぶつかることも、喧嘩の最中でも顔を突き合わせていなければならないことも、ひとつしかない窓から一緒に外を眺めることも、好ましいとさえ思いました。そのスペースだけが、私たちに残されたすべてでした。

次の年、私たちはテレビを購入しました。いつも二人きりでいないよう、毎週土曜には近所の人たちを呼んで一緒にテレビを観ました。エーリヒが留守のあいだ、私はたいていラジオをつけっぱなしにしていました。繰り言にしか聞こえないほどの小さなボリュームで。その音のお蔭で、つねにつきまとう不安から少しだけ解放されるのでした。私はもはや、その不安に名前をつけられずにいました。

私は学校での仕事を続け、物語を読むことや書くこと、スモックのボタンの留め方などを教えていました。ふとした瞬間、女子生徒に目を吸い寄せられることがありました。瞳をじっと見つめ、笑い方を観察しては、あなたに想いを馳せるのです。ですが、それもしだいに少なくなっていきました。あなたの姿が記憶からこぼれ落ち、あなたの声の響きもはっきりとは思い出せなくなったのです。まるで、ひらひらとゆっくり舞っているのに、どうしても捕まえられない蝶のように。

外が雨のとき、エーリヒは両手で膝に頬杖をつき、ぼんやりと壁を見つめていました。私は、もうしばらくの辛抱だからと彼に言い聞かせていました。もうすぐ本格的な家を建ててもらえるし、職を失った人には、生活していくのに十分な補償金が支払われるはずだから、と。村の役場からも、県や庁の役所からも、そう説明を受けていましたから。ところが、役場から割り当てられたこの二部屋の住宅に移り住むまでに長い歳月を要したうえに、補償金が支払われることもありませんでした。エーリヒは、この家を一度も見ないまま、三年後、一九五三年の秋に亡くなりました。父とおなじく、寝ているあいだに息絶えていました。医者は心臓を病んでいたと言っていましたが、私は過労が原因だと思っています。疲労は人を死に追いやります。他人との関係から生じる疲労。自分自身や自分の思考から生じる疲労。エーリヒは、大切にしていた牛も羊もすべて失い、畑や牧草地はダムの底に沈められた。もはや農夫とも酪農家ともいえず、自分の村に住んでいるともいえませんでした。彼がそうありたいと願っていたことすべてを否定されてしまった。人生は、それが自分のものだと思えなくなると、疲労を溜め込む一方となり、神の存在ですら十分でなくなるものです。

ある春の朝、散歩の帰り道にエーリヒが口にした言葉をよく思い出します。なぜか不意に水位が下がり、古い石垣や、雑草や砂利で覆われた牧草地が数時間だけ顔を出したことがありました。エーリヒは私の手をつかみ、窓辺に連れていきました。

「今日は水がすっかり引いたみたいだね。まだ村が見えるようだよ。泉では喉の渇きを癒そうと牛たちが列をなし、大麦畑と小麦畑が果てしなく連なり、フロリアンやルートヴィヒ、そのほかの村人たちが手分けして刈り入れをしている」

その声がひどく純真だったため、私は束の間、父の家の柱の陰からこっそりのぞいていた頃のあの人が、そこにいるような錯覚に陥りました。当時の彼はブロンドで、何度前髪を掻きあげても目にかかってしまうのでした。

エーリヒが亡くなったあと、彼の上着のポケットから、あの晩に見たノートを取り出しました。靴下をしまっていたサイドテーブルがなくなってからというもの、エーリヒはそのノートをいつも持ち歩いていたのです。ノートには新しい絵も描かれていました。ブランコを漕ぐ女の子、彼の腕のなかで眠る女の子、風に髪をなびかせて自転車を漕ぐ女の子……。描かれているのはもしかするとあなたではなく、ミヒャエルの娘なのではないかと思うこともあります。エーリヒはよく、孫娘と散歩に行きたがっていましたから。孫娘から「お祖父《じい》ちゃん」と呼ばれるのが好きで、彼女を連れてよく川に行っては石投げをしていました。孫娘と一緒にいるとき、あの人があなたのことを想っていたかはわかりません。おそらく、彼自身が言っていたように、考えるともなくあなたのことを考えていたのでしょう。

いまとなってはもう、このノートと何枚かの写真と古いマッチ箱以外、私の手もとにあの人のものはなにもありません。若かりし頃によくかぶっていた、つばを上に折り曲げた帽子もありません。彼の服はみんな、不要になった衣類や靴を集めて各地の恵まれない人々に送る慈善団体の軽トラックが通りかかったときに、寄付してしまいました。残された者が生きていくには、諦めて歩みを止めるのではなく、別の人生を歩んでいくしかないのです。悔やむことがないと言えば嘘になりますが、私はずっとそうやって生きてきたのですから。突如としてなにかを手放さなければならなくなる。物を燃やし、破き、遠くに追いやる。私にとってはそれが、正気を失わずにいるための道なのだと思います。

家の裏手の、かつて村があった場所の上のほうに、あの人の墓があります。人工湖に面する小さな墓地の一画に、彼は眠っているのです。村の家々にトリニトロトルエンを仕掛ける数日前、モンテカティーニ社の現場監督がアルフレート司祭のもとを訪れ、村の墓地を生コンで覆うつもりだと言いました。それを聞いたアルフレート司祭は、彼の首根っこをつかんで祭壇の下にひざまずかせ、いまの言葉を磔刑像の前でもう一度言うようにと命じました。それから彼を小突いて教会の外に追い出すと、エーリヒを呼びに走ったのです。それは、エーリヒが村人たちの家を一軒一軒まわった最後となりました。このときばかりは、これまで大きな溜め息をつき、エーリヒの鼻先でドアをぴしゃりと閉めていた人たちも含め、村人みんなが教会の前に集まり、大声で抗議したのでした。我々の先祖を、コンクリートで覆ったうえでダムの底に沈めるなんて、もってのほかだと言って。

私たちはその日、夜更けまで教会前の広場で抗議活動を続けていました。しまいには軍警察の車が到着し、帽子の男が降りてきました。そして、氷のように冷ややかな声でなんらかの解決策を見つけると約束したのです。翌日、防塵マスクで顔を覆い、防水性の作業着に身を包み、殺菌剤の入った噴霧器を肩から提げた作業員の一団が役場から送り込まれ、地中に埋められていた亡骸《なきがら》を掘り起こし、小高いところにある新しい《ヌオーヴァ》クロンに移動しはじめました。できるだけ場所を塞がずに済むよう、遺体は小さな骨壺や子供用の柩に納められたのでした。

何年ものちにアルフレート司祭が亡くなると、その亡骸はエーリヒの墓のそばに埋葬されました。墓碑には、「神よ、天の喜びを彼に与えたまえ」と刻まれています。あなたの父親の墓石には、敢えてなにも刻みませんでした。

夏には坂を下り、人工湖に沿って散歩をします。ダムによって生み出される電力はさほど多くなく、フランスの原子力発電所から輸入するよりもコストが高くつくそうです。数年もしないうちに、人工の湖面からそびえる鐘楼が多くの観光客を惹きつけるようになりました。避暑客は、最初のうちこそ驚いてその光景に見入っていますが、すぐにほかのことに気をとられてしまうのです。鐘楼をバックに、誰もが似たり寄ったりの作り笑いを浮かべて写真を撮っています。まるで湖の底には、唐松の老木の根も、私たちの家の基礎も、いつも村人が集っていた広場も沈んでいないかのように。まるで私たちの村の歴史など存在しなかったかのように。

あらゆるものごとが、奇妙にも表面的な日常を取り戻しました。出窓やバルコニーにはふたたびゼラニウムの花が飾られ、窓にはコットンのカーテンが吊るされています。いま私たちが住んでいる住宅は、アルプスの山麓によく見られる集落の家屋に似ています。ヴァカンスの季節が終わると、手では触れることのできない静寂が通りを包み、すべてが露わになるのです。たとえ傷は癒えなくとも、いつしか血は流れなくなる。怒りは、受けた暴力に対する怒りも含め、ほかのすべてのものとおなじようにいつしか薄らぎ、名前すらもわからない、より大きななにかに取って代わられます。そうして、この村で起こったことを知るためには、山々に尋ねるしかなくなるのでしょう。

村が消滅した経緯《いきさつ》については、観光バスの駐車場に木製の屋根のついた案内板が立っていて、そこにおおまかに記されています。かつてのクロン村の風景や農場、牛や羊の世話をする村人たち、最後の行列の先頭に立つアルフレート司祭の写真とともに。なかには、エーリヒが行動委員会の仲間たちと一緒に写っている一枚もあります。案内板のガラスの内側に貼られた白黒の写真で、ドイツ語で書かれた説明書きには、大雑把ながら、イタリア語の翻訳も添えられています。より深く知りたいという奇特な観光客のための小さな資料館もありますが、いつも開館しているわけではありません。当時の私たちの村の様子を伝えるものは、それ以外にはなにも残っていないのです。

私は、湖面を滑るカヌーや、鐘楼のすぐそばまでめぐるボート、岸辺で日光浴をしている観光客たちを見ています。彼らのすることを観察し、理解しようと努力する。物事の下になにが隠されているか、誰も知らないのです。その場にいた者でない限り、足を止め、そこで起こったことに胸を痛める時間はありません。母が言っていたように、私たちに許されているのは前に進むことだけ。だから私たちの目は前についている。でなければ神は、目を両脇につけたことでしょう。魚のように。

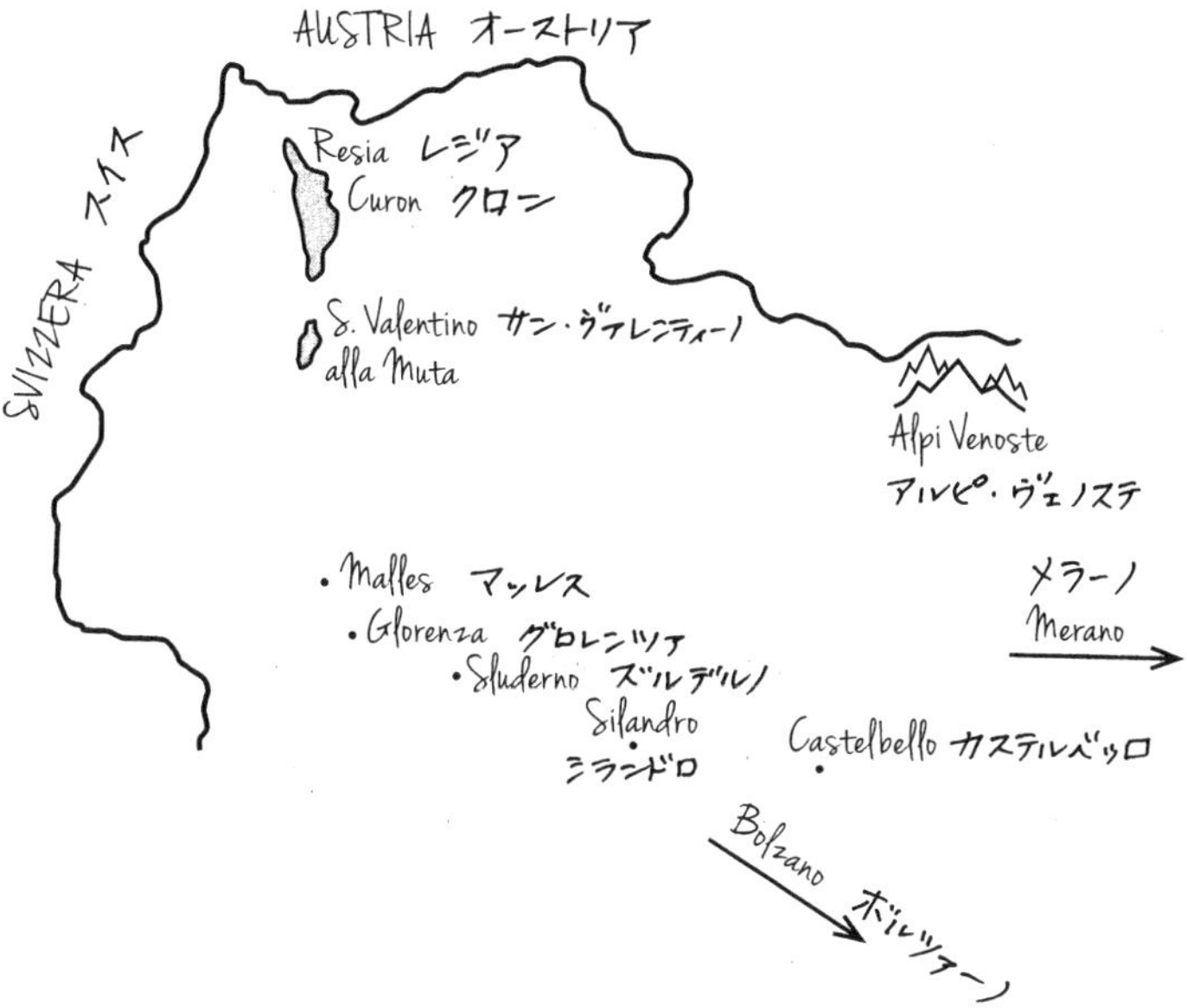

AUSTRIA オーストリア
SVIZZERA スイス
Resia レジア
Curon クロン
S. Valentino サン・ヴァレンティーノ
alla Muta
Alpi Venoste
アルピ・ヴェノステ
Malles マッレス
Glorenza グロレンツァ
Sluderno ズルデルノ
Silandro
シランドロ
Castelbello カステルベッロ
メラーノ
Merano
Bolzano
ボルツァーノ

注記

僕が初めてクロン・ヴェノスタ（ドイツ語ではグラウン・イム・フィンシュガウ）を訪れたのは、二〇一四年の夏の日のことだった。広場に到着したバスから観光客たちがぞろぞろと降り、その脇では、バイカーのグループがやってきては、また発っていく。湖畔から迫《せ》り出した桟橋が、鐘楼をバックに写真を撮るための格好のスポットとなっていて、いつ見ても自撮りをする観光客が長い列をなしていた。僕は、下半分が水に沈んだ教会の鐘楼と、レジア村とクロン村のかつての集落が潜んでいるという湖から目を逸らすことができず、そのほかに記憶に残っているのは、スマホを手にした観光客の列だけだ。歴史の暴力をこれほど明確に見せつけるものを、僕はほかに知らない。

その夏から現在まで、僕は何度もクロン村を訪れたが、離れているあいだも、スイスとオーストリアとの国境沿いの山麓にあるあの村の光景が絶えず僕につきまとった。二、三年をかけて、手に入るかぎりのものを調べつくし、ありとあらゆる文書や史料を読みあさった。エンジニアや歴史家、社会学者や教師、図書館司書らの助けを借りながら。とりわけ、いまではかなり高齢となっている、あの波乱の時代の生き証人たちから話を聞いた。エディソン社（旧モンテカティーニ社。ダムの建設を推し進めた大企業）の関係者からも話を聞きたかったが、誰も会ってくれないだけでなく、メールや電話での質問に応じてくれる人も一人もいなかった。同社の記録を調べ、疑問をぶつけることができたなら、興味深い事実が明らかになったにちがいない（例えば、ダムの建設工事の最中に二十六人の作業員が命を落としているが、それはなぜ、どのような状況においてだったのか。土地を強制収用された村民たちの社会的・経済的・精神的な影響は、どれくらい慎重に考慮されたのか。住民とのコミュニケーションには、村民たちが解さないイタリア語がつねに用いられていたが、企業側はその倫理的・道徳的責任を認めているのか。一九五〇年九月七日付の『ドロミテン』紙では、レジア村とクロン村が水没した十日後に、モンテカティーニ社が湖でヨットレースを開催したと報じられているが、それは事実なのか）。

クロン村の歴史は、しばしばアルト・アディジェ地方（ドイツ語では南チロル《ズュートティロール》）の歴史に重ねられてきたが、ほかの小さな国境沿いの村々と同様、クロン村独自の事情があった。この一帯はヨーロッパで唯一、ファシズムとナチズムの支配を連続して受けた場所であり、いまでこそ、フィクションも含めた複数の書物でとりあげられているものの、イタリア史における痛ましい一ページとして、より議論され、ひろく語られるべきではないだろうか。

ダム建設の顚末については、文献や証言から明らかとなった一連の基本的な出来事をなぞりながら、重要な部分を抜き出して、小説に仕立てた。一部に地名の変更、出来事に関する故意の言い落とし、架空の描写の挿入などがあるが、いずれも物語としての必要に迫られてのことだ。結局のところ、小説は変更や改変を避けて通れないものだ。要するに、慣例的に記されるとおり、登場人物は架空のものであり、実在する人物や物事への言及はいずれも単に偶然のものである。ただし、歴史上の人物に関する言及は意図したものであるし（たとえば、作中のアルフレート司祭は、五十年あまりにわたってクロン村の教区司祭を務めたアルフレート・リーパー司祭がモデルとなっている）、僕の自由な創作というフィルターを通したあとでも、語られる出来事も、本質的な部分においての改変は加えていない。

多くの作家にとってそうであるように、僕は、アルト・アディジェ地方の歴史にかかわる三面記事を書くことには興味がない。一般の人たちには反論できない政治・経済的な権益によって踏みにじられた、多くの町や村の変遷を語ることにも興味はない（そうしたことは、より広範囲で偏りのない視座から分析されるべきであり、小説で扱うにはとうてい無理がある）。より正確に言うならば、そうした事実に興味は引かれたものの、それはあくまで出発点でしかない。もしも、あの土地とダムの物語《ストーリア》が、より親密で個人的な物語《ストーリア》を内包することができ、それを通して、いわゆる「歴史《ストーリア》」を濾過できるとの直感がなかったら、また、無関心、国境、権力の横暴、言葉の大切さと無力さについて語るうえで、普遍的な価値があるという直感がなかったなら、この現実にいかに惹きつけられたとしても、一連の出来事を調べて一冊の小説を書きあげるだけの関心を持ちはしなかっただろう。おそらく僕も、口をぽかんと開けて、水面に浮かんでいるように見える鐘楼を眺め、鏡のような湖面の下に沈んでいる世界の遺構を垣間見ようと桟橋から身を乗り出しただけで、ほかの人たちとおなじように、その場を立ち去ったにちがいない。

M.B.

謝辞

本書の場合、感謝すべき人をすべて列挙すると、かつてないほど長くなってしまうので、必要最低限の謝辞にとどめたい。なにより、アレクサンドラ・シュテヒャー氏には、その貴重な論文*Eingegrenzt und Ausgegrenzt: Heimatverlust und Erinnerungskultur*（包摂と排除：故郷の喪失と記憶の文化）と、ご協力に感謝したい。また、エリザ・ヴィンコ氏には、ドイツ語からの翻訳を何度も手伝っていただいた。アルブレヒト・プランガー代議員は多くの専門家と証人を僕に引き合わせるために、レジア村とクロン村への取材旅行を企画してくださった。カルロ・ロメオ氏には、歴史学的な見地からの助言をいただき、貴重な参考文献を教えていただいた。レティツィア・フライム教授は、*Scuole clandestine in Bassa Atesina: 1923-1939*（バッサ・アテジーナにおける非合法の学校：一九二三〜一九三九年。ミレーナ・コッセットとの共著）という著作を通し、非合法の教育活動に関する意義深い文献を教えてくださった。とりわけ、フロリアン・エラー氏、そして誰よりも、この件に関する師であり情報源でもあるルートヴィヒ・シェプフ氏に心からの感謝を捧げる。彼は、体験者から直接話を聞き、彼らの言葉に触れることを可能にしてくれた素晴らしい通訳者でもある。また、私のエージェントであるピエルジョルジョ・ニコラッツィーニ氏には、細かな気配りとともに本書の企画を後押ししてくださったことに深く感謝する。最後に、刊行前の段階で本作に目を通し、率直な批判や指摘をしてくれた友たちにも感謝したい。とりわけ、イレーネ・バリケッロ、アルベルト・チペッリ、フランチェスコ・パスクアーレ、ステファノ・ライモンディは、この小説の草稿が少しずつ書きあがっていく過程を見守ってくれた。

そしてアンナ、いつも僕のなかからうまく言葉を引き出してくれてありがとう。君がいてくれなかったら、きっといまだに見つからないままだったにちがいない。

訳者あとがき

ブレンナー峠を越えて、イタリアとヨーロッパの北東部をつなぐ重要なルート上にあるため、古くから周辺の大国の係争地となっていた南チロル地方。アルプスの山麓、標高およそ一五〇〇メートルの、現在ではイタリアとオーストリアとスイスの三国が国境を接している地点からわずか数キロのところに、ひときわ美しく、多くの観光客を惹きつけるレジア湖がある。アルプスの峰々を映じる紺碧の湖面からは、十四世紀に建てられたロマネスク様式の教会の鐘楼の上半分だけが姿を見せ、現実と非現実のあわいに迷い込んだかのような幻想的な景観を醸し出している。だが、ファシズムとナチズムに相次いで翻弄され、戦後まもなくダム湖の底に沈むことになったクロン村の悲運に思いを馳せる者はあまりいない。

かつてそこには、何世代にもわたって受け継がれてきた土地を耕し、牛や羊たちを放牧しながら、倹《つま》しい暮らしを営み、独自の文化や言葉を子孫へとつないできた人々が住んでいた。現在はイタリア領トレンティーノ＝アルト・アディジェ州（特別自治州）となっているものの、第一次世界大戦後の一九一九年、サン・ジェルマン条約にもとづいてイタリアに割譲されるまではオーストリア＝ハンガリー帝国領だったため、住民の大半がドイツ語を話す。

本書は、そんな国境線が繰り返し引きなおされてきた地に生まれた女性トリーナの、ファシズムが台頭しはじめる一九二〇年代初頭から、村が水に浸かる一九五〇年までの、およそ三十年にわたる、静かな、だが弛《たゆ》むことのない抵抗の物語だ。

〈あなたは私のことをなにも知りません。けれども私の娘なのだから、知っていることもいろいろあるでしょう。肌のにおいも、吐息の温もりも、張りつめた神経も、あなたに授けたのはこの私。だから私の内側を見たことのある人に語りかけるつもりで話そうと思います〉

ある種覚悟にも似た前置きではじまるこの物語は、主人公のトリーナが、自らの来し方を振り返りつつ、最愛の娘に対して語りかけるという、書簡体小説のような形式をとっている。トリーナの人生は苦難の連続だ。子供の頃から言葉が好きで、小学校の教師になることを夢見ていたが、母親からは女には教育なんて邪魔なだけだと言われ続けてきた。

〈母はよく、学問のせいだと言っていました。教育を受けると、人はいたずらに理屈っぽくなると思い込んでいたのです。細かなことに終始する、頭でっかちのなまくら。一方の私は、とりわけ女性にとって、なにより偉大な知識は言葉だと信じて疑いませんでした。事実にしろ、物語にしろ、空想にしろ、大切なのは言葉を渇望し、人生が複雑に入り組んだとき、あるいは逆に空っぽになったときのために、しっかりと身につけておくこと。言葉こそが私を救ってくれるのだと信じていました〉

ようやく学業を終え、念願の教師になれるというとき、ムッソリーニ率いる国家ファシスト党が政権を握り、この地域のドイツ系住民に対し、集中的なイタリア化政策を押し進める。それは、ドイツ語の使用を禁じると同時に、イタリアの他地域から、地元のドイツ語話者を凌ぐ数のイタリア語話者を移住させることを目論むもので、役人も教師も、行政機関から派遣されたイタリア語話者に取って代わられた。墓碑に刻まれた死者の名前まで書き替えることを強いられ、母語さえも完全に自分に属するものではなくなってしまう。

それでもトリーナは屈せず、秘密裡に子供たちにドイツ語を教え続ける地下活動に加わる。だが、やがてヒトラーが介入、「偉大なる選択」と称し、ドイツ国《ライヒ》の領土に移住するか、村にとどまってイタリアに同化するかの選択を住民に迫るのだ。それにより村では深い分断が生じ、混乱のなか、トリーナは最愛の娘マリカと生き別れてしまう。

娘は無事なのか、なぜ自分たちの許を去ったのか。いくつもの疑問と悔恨、そして憤怒を胸の内に押し込めながら、生まれ育った土地を慈しみ、母語を愛し、夫のエーリヒとともに前を向いて生きるトリーナ。そこへ追い打ちをかけるように、戦争が忍び寄る……。

彼女の支えとなったのが、生き別れた娘に向けて、あるいは、かつての親友たちに向けて、出す当てもない手紙を綴ることだった。トリーナにとってそれは、自らのアイデンティティーを保つための唯一の手段であり、抵抗の証しでもあった。強靱なまでに抑制の利いた語り口の端々にはしかし、巨大な力にのみこまれ、大切な日常を奪われた者のみが知る感情が滲み出ている。

＊

本書『この村にとどまる』は、イタリアの作家、マルコ・バルツァーノ（Marco Balzano）によって、二〇一八年に大手の出版社エイナウディから刊行された長編小説である。原題の *Resto qui* は、「私はここにとどまる」という意味だ。

「読んでいて、あたかも本当に当時の村の広場や通りに立っているかのような錯覚に陥るのは、場所や表象を息づかせることのできる作家の圧倒的な描写力によるものだろう。決して偶然のなせる業ではなく、地図や現地での取材、長期にわたる綿密な史料調査など、マンゾーニの流れをくむ徹底的な下調べがその根底にあることがうかがえる」（『イル・フォリオ』紙）などと評され、イタリア文学界の最高峰〈ストレーガ賞〉のファイナリストに選出されたほか、〈イーゾラ・デルバ賞〉〈ドロミーティ・ユネスコ賞〉〈ヴィアダーナ賞〉〈マリオ・リゴーニ・ステルン賞〉〈バグッタ賞〉と国内の文学賞を軒並み獲得した。また、三十か国以上の国々で訳され、フランスでは〈地中海賞〉外国人部門を受賞するなど、国外でも高く評価されている。とりわけドイツでは、発売から数か月で十万部を売りあげるほど読者からの熱狂的な支持を得ただけでなく、二〇二二年には、クリストフ・ニックスの演出により舞台化され、各地の上演でチケットが完売したという。

物語の舞台となっているレジア湖について、少し説明を補っておく。ヴェノスタ渓谷と呼ばれるこの一帯には、かつて三つの自然湖があった。北から順に、レジア湖、クロン湖、そしてサン・ヴァレンティーノ・アッラ・ムータ湖だ。この地にダムを建設して、水力発電を行なうという計画が最初に持ちあがったのは、まだ同地がオーストリア＝ハンガリー帝国の統治下にあった一九一一年のことだった。当初の計画では、もとの湖よりも水位が五メートル上昇するだけで、住民の生活には差し障りが生じないはずだった。だが、それから計画が具体化するまでに時間を要し、イタリアの化学会社の最大手企業、モンテカティーニ社（現在は、エディソン社）が正式な建設許可を政府から得たのは、第二次世界大戦の嵐が吹き荒れはじめていた一九三九年のことだった。その際、計画が大幅に変更され、湖の水位は二十一メートル上昇することになったが、イタリア化政策による言葉の壁もあり、住民への十分な説明はなされなかった。いったんは着工したものの、ほどなくイタリアの参戦によってダムどころではなくなり、工事は中断。住民たちは誰もが、ダムの建設計画は永久に頓挫したものとばかり思っていた。ところが、戦争が終結し、これでようやくもとの平穏な暮らしが戻ってくると思いはじめた矢先の一九四六年、イタリアの財政難を補う形でスイスからの資本提供を得たこともあり、工事が再開される。結局、最初に計画が持ちあがってから実に四十年近い歳月を経た一九四九年八月、ダムは完成した。翌一九五〇年に水門が閉められ、徐々に水位が上昇、南北に約六・六キロ、東西に約一キロの、トレンティーノ＝アルト・アディジェ州最大規模のダム湖が出現した。これにより、百六十三軒の住宅（クロン村と、レジア村の一部）と、六百七十七ヘクタールの土地が湖の底に沈んだ。

湖底に沈んだクロン村については、ドイツ人の映画監督、ゲオルク・レムベルクによって、本書の刊行とおなじ二〇一八年に、『沈んだ村（Das versunkene Dorf）』というドキュメンタリー映画が公開され、同名の写真集も刊行されている（いずれもドイツ語）。写真集を取り寄せてみたところ、ダム湖が建設される以前の、山裾に集落や畑や牧草地がひろがるのどかな日常の白黒写真から、破壊された建物や、掘り出された柩を見つめる村人たち、そして現在のレジア湖でレジャーに興じる人々を写したカラー写真までがふんだんに収められた、二百五十四ページにも及ぶたいそう美しい本であり、貴重な資料でもあった（ドイツ語が読めないことをこれほどもどかしく思ったことはない）。ラエティア出版（Edition Raetia）というトレンティーノ＝アルト・アディジェ州の都市、ボルツァーノの独立系出版社から刊行されたもので、同社は、ほかにも様々なドイツ語の書籍を刊行している。

一連の写真のなかで、ひときわ胸を打たれるのが、自宅らしき建物の窓から、釘の飛び出した梁材につかまりながら外に出ようとしている老女の写真だ。本書の主人公トリーナは架空の人物だが、その名前は、床上への浸水が始まってもなお、住み慣れた家を離れようとしなかった、この老女の名からとられている。

もうひとつ、ドイツ語の使用が禁じられたのちにも、村人たちが非合法でドイツ語を教えていた活動についても触れておきたい。ドイツ語で、「カタコンベンシューレ（地下墓所学校）」と呼ばれていたこの活動を組織していたのは司祭たちだが、教科書は農民の手により農場から農場へと運ばれ、現場での教育は若い女性たちのボランティアによって担われていた。活動にかかわったことが発覚した場合には、懲役刑が科せられ、場合によってはシチリア州のリーパリ島（ファシズム時代、流刑地として恐れられていた）に送還される危険もあった。ファシズム政権下、イタリアの領土内のドイツ語話者の女性たちが、母語を守るために、身の危険を冒してこうした活動をしていたことはあまり知られていない。

バルツァーノは本書について、あるインタビューで、「歴史的なテーマを扱ってはいますが、いわゆる〝歴史〟を語ることを目的としているわけではありません。歴史というのは、得てして権力を持った人々によって行なわれた出来事の羅列であり、人間性が欠け落ちています。人の心の機微に焦点を当てる文学は、まさにその、歴史から欠け落ちた人間性を補う役割を果たすものだと思います。語り手の主観的で偏った視点から、個人的な事柄を綴ることによって、彼らが肌で体験した疑いようもない真実を浮かびあがらせる試みなのです」と語っている。

＊

マルコ・バルツァーノは、一九七八年、ミラノに生まれた。大学では文学を専攻、後世の作家たちに絶大な影響を与えた近代イタリア最大の詩人、ジャコモ・レオパルディを卒論のテーマとした。現在でもミラノに暮らし、大学などで文学やライティングを教えている。レオパルディのほか、ダンテ・アリギエーリやジョヴァンニ・パスコリ、ジュゼッペ・ジョアキーノ・ベッリといったイタリアを代表する偉大な詩人たちについての論考を研究誌や文学誌上に発表しながら、自らも詩を詠み、二〇〇七年に詩集を発表、文壇にデビューした。

二〇一〇年には、長編小説第一作となる『息子の息子（Il figlio del figlio）』を発表。ミラノに住む非常勤講師の若者が、南部プーリア州出身である父親のルーツを、父親と祖父の三人でたどるという自伝的要素の強い作品で、〈コッラード・アルヴァーロ〉新人賞を受賞し、注目される。二〇一四年に刊行された第二作『あらゆる旅立ちへの覚悟（Pronti a tutte le partenze）』では、〈国際フライアーノ賞〉の小説部門を受賞した。

作家としての彼の名前を国の内外に知らしめたのは、翌二〇一五年発表の、「子供移民」をテーマとした意欲作、『最後に来たりし者（L'ultimo arrivato）』だ。一九六〇年代に、貧しいイタリア南部から、「奇跡」と呼ばれる経済成長に沸いていた北部へと、よりよい暮らしを求めて移住した九歳の少年を主人公に据えたこの作品で、イタリアの二大文学賞のひとつである〈カンピエッロ賞〉をはじめ、〈ヴォルポーニ賞〉〈ローマ図書館賞〉などの賞を受賞、国外の出版社からも熱い視線を注がれるようになる。

「移民三部作」ともいえるこれらの三作はいずれも、親の世代に南部からミラノに移住したバルツァーノ自身の体験や家族のルーツが色濃く反映された作品だったが、二〇一八年に刊行した長編第四作にあたる本書『この村にとどまる』で、それまでの作風をがらりと変え、女性の一人称で語るという試みに挑み、読者を驚かせた。

長編五作目、『私が帰るとき（Quando tornerò）』（二〇二一年）は、本書の主人公トリーナとは対照的に、二人の子供を家に残し、ルーマニアの村を飛び出すようにしてミラノに出稼ぎに来た女性と、故郷の家で母親を待つ子供たちの姿が、女性本人と、息子、娘、それぞれの視点から交互に語られた作品だ。近年、イタリアではおもに東欧諸国出身の女性たちがケア労働に従事しているが、先進各国に共通するケア労働の担い手不足を補うために、周辺国から女性たちが、自分の子供を家に残して出稼ぎに来るというゆがんだ構造が背景に描き込まれている点も興味深い。

一方、最新作の『カフェ・ロイヤル（Café Royal）』（二〇二三年）は、ミラノの中心街のカフェを舞台に、そこで交わる客たちの人間模様を描いた軽やかな短篇集となっている。また、二〇二二年には、十年ぶりとなる三冊目の詩集『人間の特性（Nature Umane）』を発表し、〈国際フライアーノ賞〉の詩部門を受賞するなど、詩作にも力を入れているほか、『大切な言葉たち。どこで生まれ、何を語るのか（Le parole sono importanti. Dove nascono e cosa raccontano）』といった、言葉に対する繊細な感性を活かしたエッセイも書いている。

＊

元来、アルプスの山裾の地域は、中央から隔絶され、国家に対する帰属意識も薄く、そこで暮らす人々は、国境線など意識せずに山のこちら側から向こう側へと自由に行き来し、文字ではなく、耳で複数の言語を理解していた。家畜を放牧しながら、あるいは必要とされているものを運びながら細々と生計を立てていたのだ。たとえば、アルプスの山々を舞台とした記録文学で知られるマリオ・リゴーニ・ステルンの傑作『テンレの物語』には、第一次世界大戦の前後で国境線が引きなおされた際の、運び屋であるテンレ・ビンタルンの日々が描かれている。本書と合わせて読むことにより、辺境の地に住み、国家にふりまわされてきた人々の苦渋が複層的に理解でき、次のようなトリーナの言葉にもさらに重みが増すだろう。

〈この渓谷地帯全体が、誰もが互いに腹を探り合うヨーロッパの不安定な場所ではなく、複数の言語で自分の意思を表現できる人たちが交わる場となり得たはずなのです。それなのに、イタリア語とドイツ語のあいだには、高くなる一方の分断の壁がそびえるばかりでした。言語が人種を分かつ符号となり、独裁者たちはそれを武器に変え、宣戦布告の手段としたのです〉

八十年近く前のイタリアの片隅に生きた、ひとりの女性の語りはまた、私たちが生きる社会の映し鏡ともなっている。

『最後に来たりし者』で〈カンピエッロ賞〉を受賞した時から、いつか日本に紹介したいと思っていたバルツァーノが、二〇一八年に新しい長篇を刊行し、話題になっているのを知って、さっそく取り寄せたのが、訳者と本書との出会いだった。想像力を掻き立てられる表紙に吸い込まれるようにして本をひらいたが最後、クロン村から出られなくなり、ほぼ一気に読み終えた。そして本を閉じ、改めて表紙を眺め、美しい湖の底に沈められたものの大きさに思いを巡らせずにはいられなかった。そのときから、いつか翻訳しようと心に決めていたものの、いくつか寄り道をしているうちに、五年あまりの歳月が過ぎてしまった。いま、ようやくこうして本書をお届けできることに、安堵感にも似た感慨を覚えている。

邦訳にあたっては、新潮社の前田誠一さんにひとかたならずお世話になった。彼もまた、レジア湖に魅せられ、この物語の持つ力を信じ、迷わず日本語への翻訳権を取得してくださった。訳者の事情により遅れがちな仕事を辛抱強く見守ってくださり、このような素晴らしい本にしてくださったことに、深く感謝する。また、同社校閲部の方々には、いつもながら訳稿を丁寧にチェックしていただき、多くの貴重なアドバイスをいただいた。この場をお借りして、本書の制作にかかわってくださったすべての方々に、心よりお礼を申しあげる。

マルコ・バルツァーノは、新潮クレスト・ブックスから『帰れない山』と『フォンターネ　山小屋の生活』をお届けしたパオロ・コニェッティとおなじ一九七八年生まれで、コニェッティと並び、中堅世代を代表する書き手として、現代イタリアの文学シーンを牽引している。『帰れない山』（二〇一六年）と『この村にとどまる』は、扱われている時代も作風もまったく異なるものの、どちらもアルプスの山麓を舞台に、その地で生きる人々の姿を精緻に綴った小説であり、競い合うように各国語に訳されている。日本での紹介は少し遅れをとってしまったが、これを機に、バルツァーノもコニェッティと同様、多くの読者に愛され、ほかの作品も日本語で読めるようになることを願っている。

関口英子

二〇二三年　初冬　　奥武蔵にて

Resto qui
Marco Balzano

この村《むら》にとどまる

著者
マルコ・バルツァーノ
訳者
関口英子
発行
2024年1月30日

発行者　佐藤隆信
発行所　株式会社新潮社
〒162-8711 東京都新宿区矢来町71
電話 編集部 03-3266-5411
読者係 03-3266-5111
https://www.shinchosha.co.jp

印刷所
株式会社精興社
製本所
大口製本印刷株式会社

乱丁・落丁本は、ご面倒ですが小社読者係宛お送り下さい。
送料小社負担にてお取替えいたします。
価格はカバーに表示してあります。

ISBN978-4-10-590192-9 C0397

CREST BOOKS
Shinchosha

帰れない山

Le otto montagne
Paolo Cognetti

パオロ・コニェッティ
関口英子訳

山がすべてを教えてくれた。

北イタリアのアルプス山麓を舞台に、本当の居場所を求めて彷徨う二人の男の葛藤と友情を描く。

世界39言語に翻訳されている国際的ベストセラー。

CREST BOOKS